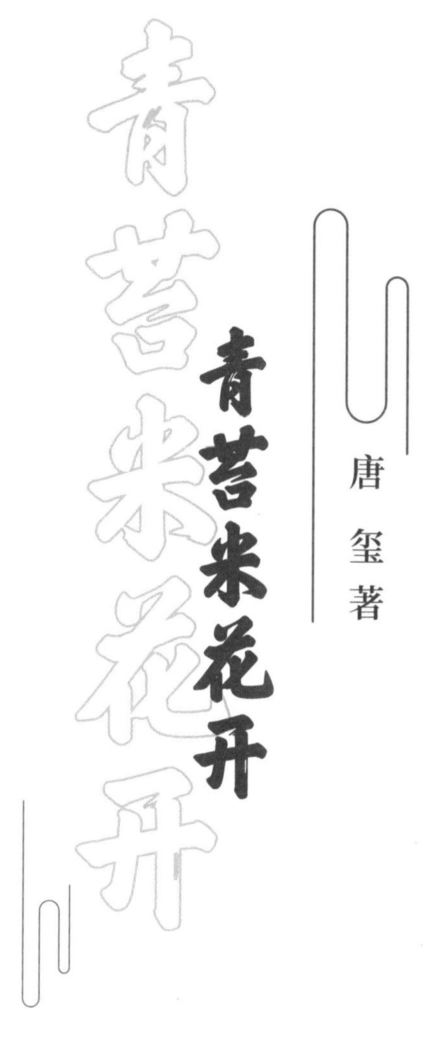

青苔米花开

唐玺 著

陕西新华出版
太白文艺出版社·西安

图书在版编目（CIP）数据

青苔米花开 / 唐玺著. -- 西安 ：太白文艺出版社，2023.10
ISBN 978-7-5513-2499-1

Ⅰ. ①青… Ⅱ. ①唐… Ⅲ. ①诗集一中国一当代 Ⅳ. ① I227

中国国家版本馆 CIP 数据核字（2023）第 189294 号

青苔米花开
QINGTAI MIHUA KAI

作　　者　唐　玺
责任编辑　熊　菁
装帧设计　董　欣
整体策划　神木本末物联科技有限公司
出版发行　太白文艺出版社
经　　销　新华书店
印　　刷　陕西金和印务有限公司
开　　本　889mm×1194mm　1/32
字　　数　150 千字
印　　张　6
版　　次　2023 年 10 月第 1 版
印　　次　2023 年 10 月第 1 次印刷
书　　号　ISBN 978-7-5513-2499-1
定　　价　58.00 元

联系电话：029-81206800
出版社地址：西安市曲江新区登高路 1388 号（邮编：710061）
营销中心电话：029-87277748　029-87217872

自白（代序）

是鸟，总要鸣叫。或婉转，或清脆；或雄浑，或高昂；或急促，或深邃；或弱，或强；或长，或短……

虽无画眉之婉转，绝不做鹦鹉之学舌；不似喜鹊报祥音，亦非子规啼血吟，更非只为雎鸠关关鸣……

要叫，但不学南腔北调；要飞，但不为不鸣之翔。不，绝不做一只橱窗中的锦鸡。

是涓涓溪流，总要流淌。音韵或低或高，音色或沉或亮，音质或粗或细，旋律或缓或急……

要流，但不漫无边际；为水，就要有水之灵气，就要向前闯，闯出一道属于自己的痕迹。即便在投向大海怀抱的途中被吞没，也不枉为一条小溪的存在。

并非所有的鸟儿都能翱翔天空，亦非所有的溪流都能汇入海洋，那么，就做一条默默耕耘的蚯蚓，在贫瘠的土壤中，写出歪歪扭扭的诗行！

目 录

四时即景

生活悟语

词海浅试

散文小说

后记

青涩涂鸦

信

雪片飞来
似一串串滚烫的耳语
燃烧着我活蹦乱跳的心扉

夜
我孤寂地守在灯下
翻译着心中甜甜的密码

晨
我悄悄地把狂跳的心
轻轻地投进绿色邮筒

1985 年 12 月

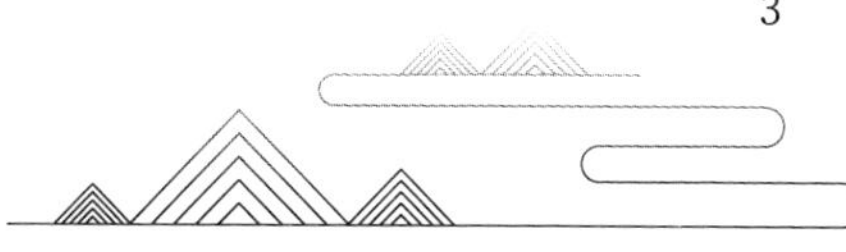

觅

天空
苍茫
朦胧

小路
曲折
幽深

我
迷惘
在天空下
我
寻觅
在小路上

走呀走
觅呀觅
用上全部心力

忽而
小路的尽头
出现一片火红的石榴花

1986 年 5 月

观　棋

是马
　却没有马的四蹄
冲杀
　也只能沿着人为的轨迹
难道
“日”字就是你驰骋的天地

是炮
　却听不见轰鸣的声响
瞄准
　也非要支撑的架子
难道
　没有架子你就失去生存的意义

兵卒
　没有雄赳赳气昂昂的步伐
冲锋
　也不过是循规蹈矩亦步亦趋
难道
　这就是你生活的逻辑

棋盘上
　难道只有车才能长驱直入
　难道仕象只有围绕将帅才能取胜

1986 年 6 月

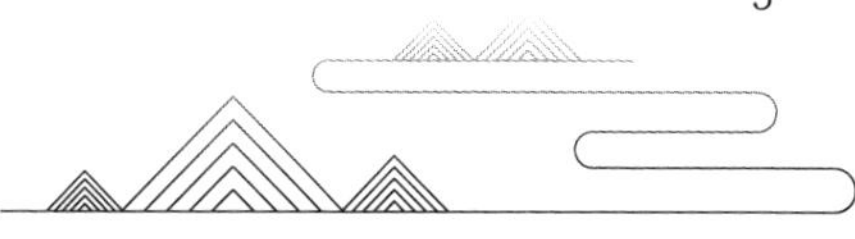

眼　　镜

我羡慕
　羡慕我的老师
　　有一副一圈一圈
　　　光圈的眼镜

幼小的心里
　老师的知识、风度
　　都在这一圈一圈
　　　厚厚的光圈里

这就是
　就是我的童年
　　天真、幼稚、可笑
　　　无知傻傻的向往

睡梦里
　我也有了一副眼镜
　　可惜无镜片也无光圈
　　　冰冷什么也看不见

秋天里
　我有了一副自己的眼镜
　　玉米秸秆镜架秆皮挽成的圈
　　　终于超过了老师的镜片一圈一圈又一圈

1986 年 9 月

寻

空落的操场
时序
剪下了片片枯黄的瘦叶

风
呼着叫着吼着
飘来一个活脱脱的黑瀑布

踟蹰
徘徊
张望

焦虑咬碎了不安的唇
长发缠着手指捆住了蹦跳的心
目光搜寻着期许的承诺

啊！
你可看见
楼顶的窗户里
两颗明亮的星
时不时地离开书本

看见了
出现了
一个活蹦乱跳的期望
带着甜甜的微笑
奔向了操场边的小树林

1986 年 10 月

枫　叶

严冬
默默地酝酿
母体里孕育着将要出生的婴儿

春风中
缓缓地分娩
在树枝的梢尖

夏的沐浴
还有火辣辣的考验
终于长成了绿油油的成熟

在收获的季节
把爱写在羞红的脸上
悄悄地献给大地孕育新的生机

1986 年 11 月

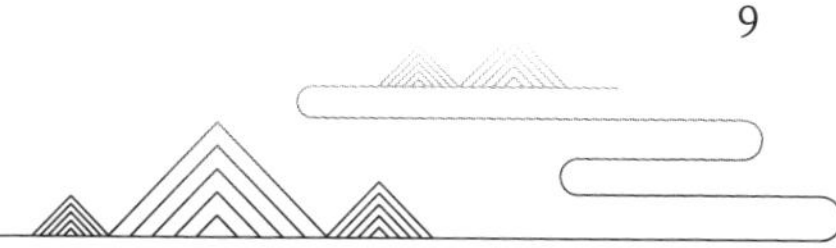

树上的鸟儿

秃了顶的枝丫上
站着一个毛茸茸的叽叽喳喳

悲苦的呼唤
是不是为了
微风斜雨中啄虫哺育的幼儿
(我说：翅膀硬了就别管它)

惆怅的哀鸣
是不是失去了
风雨同飞的侣伴
（我说：认准方向展翅吧）

树上的鸟儿
你在诉说着什么
是追忆春风的剪刀裁出的新芽
还是怨恨秋风的摧残
或是畏惧严冬的冷酷无情
（我说：不要怕
　　　　抬头望
　　　　天空撕开了一道深邃的蓝）

1986 年 11 月

山村的黄昏

群山吞没了残阳
苍穹撒下灰色轻纱
罩住了幽径上羞涩的等待

鸟雀们开始回家了
弹落了一树梨花
菜花摇头吸没了一双追逐的鸟儿

牛铃摇着柳笛进村了
鞭梢上还响着一天的快乐
肩上扛着疲乏跨进了大门
旱烟锅上就点燃了享受

鸭儿嘎嘎猪儿唠唠随风远去
炊烟里飘散着浓浓的饭菜香
远处犬吠和着窗口旋出的立体声
震破了山村的宁静

1987 年 4 月

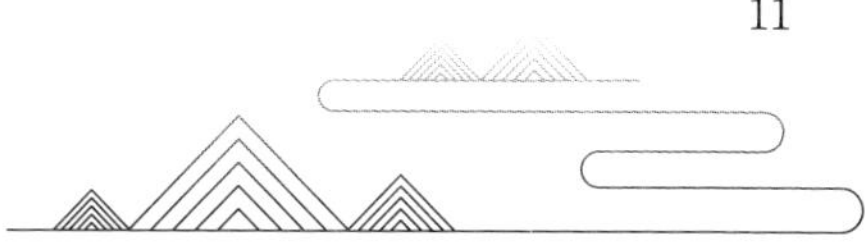

忘不了那个夜晚

忘不了
永远也忘不了
忘不了那个夜晚

没有月亮
没有星星
没有清风
只有什么也看不见的一片黑暗

闷热的空气告诉我
雷雨就要来了

那个夜晚啊
是一个相思的夜晚
是一个焦灼的夜晚
是一个疑虑的夜晚
是一个忧心忡忡的夜晚
更是一个风云突变的夜晚
这样的夜晚啊
我怎能忘记

别了，同学
别了，朋友

别在这样一个永远难忘的夜晚
我不叹息
我不痛哀
雷雨的洗涤
我清醒了头脑
我更懂得了一个真理
挺住了黑暗风暴的考验
准能迎来阳光灿烂的明天

忘不了
永远也忘不了
忘不了那个夜晚

1987 年 6 月

雨　　思

雨
点点滴滴
滴滴点点
连成了线
连成了片
润透了久渴的旱田

雨点滴啊滴
滴醒了不灭的回忆和思念
几度耕耘培育浇灌
无论风暴炎阳还是严霜冬寒
你总是默默地无私奉献

收获的时节
你为何惆怅无欢颜
成熟了为何不及时收割
却要阴雨绵绵

要下你就下吧
让思念的雨点滴入心田

要下你就下吧
下大了我们可以去寻找雨巷中的油纸伞
要下你就下吧
眼前的雨帘模糊了我的视线
脑海里去搜寻雨雾中倩影的闪现

雨
点点滴滴
滴滴点点
连成了线
连成了片
模糊了我的视线
我不知在什么地方
可以遇见丁香一样的那个愁怨
人说思念贴不上邮票
甜美装不进信笺
那我就要把我的心
叠成雁形的小船
放飞在这雨后的河边
她将会沿着那永远
永远也抽不完的雨线
停泊到你的港湾

雨
点点滴滴
滴滴点点
连成了线
连成了片
模糊了我的视线
点点滴滴
滴滴点点

1987 年 8 月

露　　珠

你悄悄地去了
犹如你悄悄地来

趁着天空刚刚撤下幕帘
你就紧紧地拥抱小草
甜蜜的爱情让小草热汗淋漓
你也不肯放松痴爱的表白

嫉妒的公鸡仰头叫出了太阳公公
羞红了脸庞望着你们傻傻地憨笑
睁大了眼睛正眼看时却不见了你的踪影

你悄悄地去了
犹如你悄悄地来

1987 年 9 月

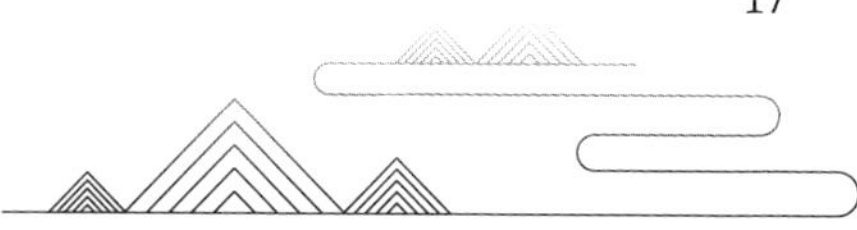

无　　题

我爱河里的小船
你为什么总是搁浅

我相思的信笺
你为什么总是不归返

我们独处异地的时间
为什么没有相约时的欢言

我们散步的小路
为什么只留下了孤独不安

再度相逢的时刻
又为什么这样久远

这一切都是为什么啊
丘比特
你为什么不拉开弓弦
去射向那期待已久的靶环

1987 年 10 月

碰壁的萤火虫

锅底似的天穹下
有只萤火虫在飞舞

飞到东来飞到西
亮点移到东来移到西

它朝着黑暗的墙壁奋力飞
黑墙上留下了小小的光辉

碰昏了头的萤火虫
又不知疲倦地向着天空飞

1987 年 10 月

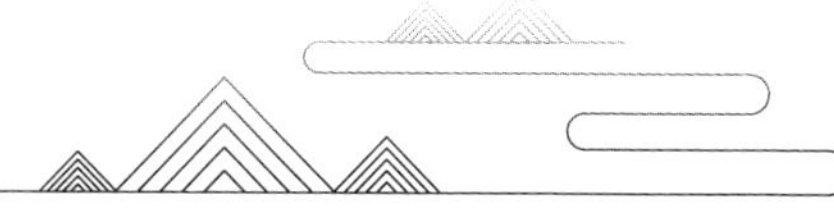

叫我怎能不想你

身边没有了你的陪伴
耳边没有了你的蜜言
叫我怎能不想你

学习没有了你的讨论争辩
工作没有了你的鼓励指点
叫我怎能不想你

天寒了没有你问冷暖
病痛了没有你摸额头督促上医院
叫我怎能不想你

碰壁了没有你安抚规劝
胜利了没有你祝贺送警言
叫我怎能不想你

闭眼看见了你的笑脸
睁眼就不见了你的容颜
叫我怎能不想你

想你又见不着你
说不想你又时时看见你
你说叫我怎能不想你

1987 年 11 月

一样的夜晚

一样的夜晚
一样的星光
却没有了那晚的惬意欢畅
水中的小船
你可愿载上我的梦想
去会见那昔日的情郎

一样的流水
一样的月光
却没有了那夜悠扬的歌唱
哗哗的流水
粼粼的波光
你可是想抚慰我的心伤

一样的时间
一样的地方
却没有了你那窈窕的形象

摇晃的树影
斑驳的月光
今晚为何这般恓惶

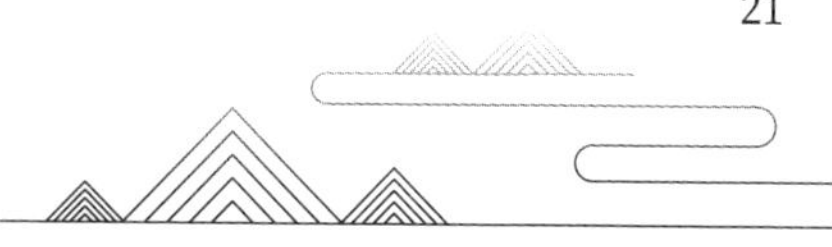

一切都是一样
一切都是那样
不要悲伤不要回想

抬头望望
明月照到了我的心上
也一定照到了你的身上

1987 年 11 月

我多想

我多想开一个天窗
让阳光照进我空荡的寒房
晒一晒我快要发霉的皮囊
还有那快要沤烂的思想

（谁知上面还有几层楼房
压垮了我的梦想）

我多想堵上那背光的窗户
再不看那挡住视线的山岗
即使那向阳的墙上
能透进一线光芒
我也要尽情享受光的赐赏
贪婪吮吸春的芬芳
睁大瞳孔
眺望远处的炎阳

（可惜，坚不可摧的顽墙
堵塞了我的畅想）

我多想拆除那多余的门窗
敞开门户
撵走屋里的寂寥和惆怅

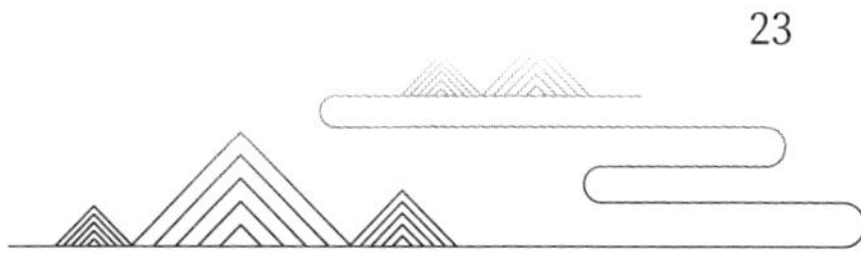

我多想冲出紧锁的篱笆墙
去拥抱整个阳光
为了我的梦想
即使头破血流
我也要爬出这座地狱般的囚房
即使粉身碎骨
我也心甘欢畅

我多想站在阳光灿烂的大地上
纵情地欢歌一场
让呼声震塌所有禁锢的围墙

我多想
我多想随心所欲
想干什么就干什么
不要那么多的条条框框

我多想
这座四四方方的牢房
不要成为我的墓场
阻挡我去驰骋疆场
我多想啊我多想

1987 年 11 月

不消说

不消说
不消讲
你始终刻在我的心坎上

不消说
不消讲
你是我心儿小船的帆和桨

不消说
不消讲
你始终在我航线的灯标上

不消说
不消讲
你是小船前进的波和浪

不消说
不消讲
你是我搏击风浪的力量

不消说
不消讲
你是我生存的食粮

不消说
不消讲
你是我爱情生命的阳光

不消说
不消讲
没有你
心儿会迷惘船儿会失航

不消说
不消讲
没有你
我的生活不堪设想

1987 年 12 月

我要……

赶下蓝天上的羊群
我要她载上我遨游太空
悠悠地在天穹放牧撒欢

铺开晚霞的锦缎
我要写下黎明的赞歌
密密地装点夜的星空更加灿烂

捞起水中冰凉的月亮
我要把嫦娥的寂寒
统统都用快乐装扮

拾起秋的落叶
我要写下春的诗篇
深深地酝酿在冬天的地畔

抚摸梅花冻红的脸庞
我要把我全部爱恋的火焰
殷殷地奉献给冬的酷寒

1987 年 12 月

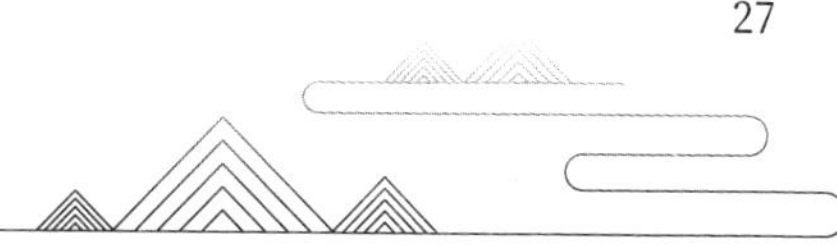

期　　待

殷殷的期待
收获了痛苦的失败

甜甜的睡梦
收获了酸酸的离开

赤诚的表白
收获了长长的期待

无望的期待
收获了无法偿还的心债

1988 年 2 月

无　题

最后的相见
省去了俗套忘记了时间
没有省去目光的留恋

送别的路上
心儿痒痒的很不情愿
你说去了就不要少了挂念

软软的叮嘱
被硬硬的风吹了很远很远
燃烧的红头巾和太阳一起飘落在地平线

春天来了
相思泪却早已流干
龟裂的心田再也长不出美丽的花环
用瑰丽的蔚蓝去装点你门前的栅栏

雁阵来了
撕碎的心儿
一片片飞向蓝天

风轻轻
云淡淡
唯有梦缠缠绵绵

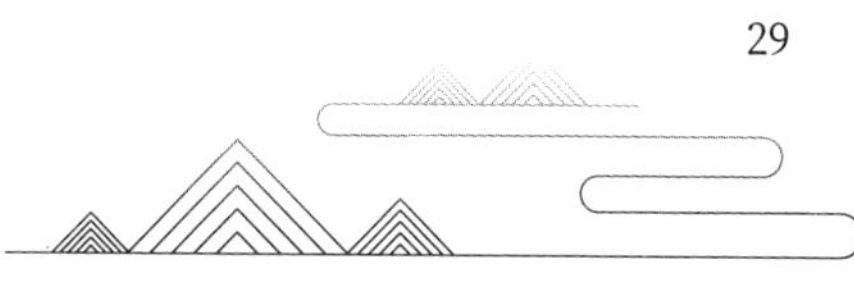

春去矣
夏过也
收获的季节又茫然
北雁又南飞
请捎上诗行一篇篇

1988年3月

二月的风

你如
接生婆的妙手
迎来了一个个活生生的绿宝宝

我想
你是一位丹青手
要不然
怎会画出五彩缤纷的山峦

或许
你是恋人的双手
要不然
怎会这样温情细腻又柔软

或许
你是轻歌曼舞的少女
要不然
怎会有蹁跹婆娑风姿绰约的春天

也许
你是绿色的种子
是绿色的生命
是绿色的阳光
这二月的世界才处处葱茏充满希望

1988 年 4 月

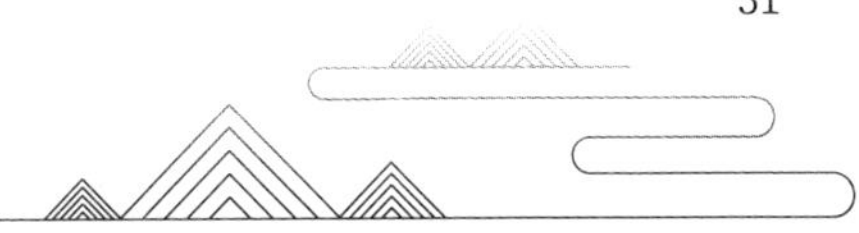

游麦积山随感

千里探访寻名迹，山中观景为你行。
不求神灵保福佑，只缘麦垛堆奇景。

苍山峭壁叠麦垛，弥勒各异笑眯眯。
凌空飞栈连绝壁，化险为夷堪为奇。

观罢胜地身轻盈，心中烦闷飘无踪。
吾辈今生不枉度，人间奇迹入眼中。

1988 年 5 月

丑小鸭与白天鹅

白天鹅，美则美矣，却有过一个丑小鸭的童年
丑小鸭，丑虽丑矣，却孕育了一个美好的未来
不是所有的丑小鸭都能变为白天鹅
也不是所有的白天鹅都能记得童年的自己
人们无疑是喜欢白天鹅的
而我却要称颂会变成白天鹅的丑小鸭

1988 年 5 月

四月絮语

四月
有风和日丽
更有幽香飘逸

四月
有蜂喧蝶舞
更有甜蜜酿出的果蒂

四月
有花谢花落
更有果实成熟的预示

四月
有柔柔月照
也有虫鸣奏响的田园曲

四月
有迷迷蒙蒙的细雨
也有电闪雷鸣的惊奇

你从四月来
犹如四月风
轻轻地轻轻地抚摸着四月的大地
你从四月来

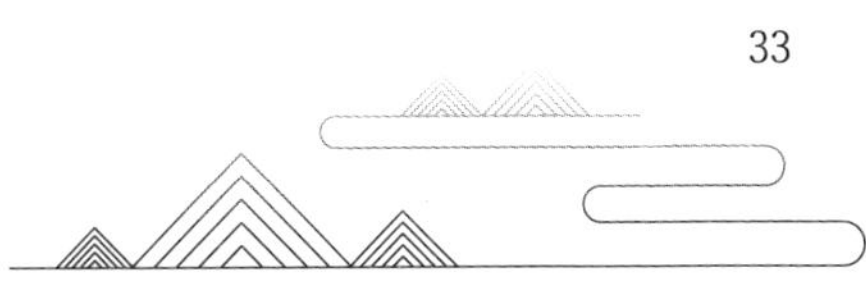

犹如四月雨
甜甜地甜甜地亲吻着四月的大地

你从四月来
犹如四月的太阳
朗朗地朗朗地撩拨着四月的大地

你从四月来
犹如四月的月亮
柔柔地柔柔地拥抱着四月的大地

你从四月来
犹如四月的水
绵绵地绵绵地躺在四月的怀抱

哦
四月
多姿多彩的四月

1988 年 5 月

老师，我们要出游

老师
我们要出游
我们不愿再被禁锢
头顶着沉重楼板的压抑
眼睛呆望着严肃活泼
还有那与黑板一样单调的面庞

老师
我们要出游
我们不愿再让眼前的黑框切断了视线
看见外面的世界像玻璃窗那样四四方方
老师呀老师
我们要让阳光透进教室照亮我们的胸膛
让春风吹散青少年心中的烦恼

老师
我们要出游
我们要随郦道元一同游三峡
同李白一起攀蜀道
与徐霞客共览黄山
我们要和陶渊明共话桑麻
和蒲松龄同摆龙门阵

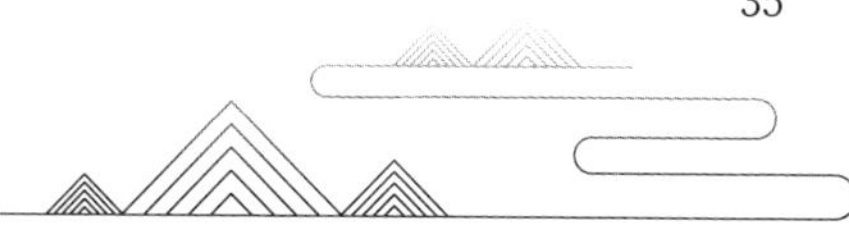

与陈景润拉拉家常
我们要向瓦特挑战
要和爱迪生较量
要和爱因斯坦比高下

老师
我们要出游
我们要与大自然为伍
要同百灵鸟一起歌唱

老师
我们要出游
我们不愿让歌喉紧紧关闭在课堂
我们要在外面沐浴七色阳光
不愿让那昏暗的灯光陪伴我们成长

老师
我们要出游
这是人生的大好时光
我们只是想走出校门
走向社会走向世界走向未来

老师
我们要出游
我们要在绿色草坪上留下迪斯科的舞步
这究竟有什么不像样
为什么总拿过去的眼光看待我们八十年代的儿郎

老师呀老师
为了报答你们的苦口婆心
我们要出游
老师
请让我们去出游

1988 年 5 月

生日杂记

点燃了
点燃了二十五载生命的火焰
照亮二十五页空白的历史
燃烧吧
烧尽这不堪回首的记忆

吹熄吧
吹熄二十五度春秋的寒光
窗外月儿正圆
嫦娥不寂寞
吴刚捧出了桂花酒

风风雨雨
人世沧桑
何时花期旺

抬头望
十五的月儿正亮

1988 年 6 月

潮

天
苍苍
地
龟裂
心
焦灼

下雨了
涨水了

潮水喧嚣奔腾
去拥抱那干涸的荒原

东流　东流
挣脱小溪固有轨迹的束缚
去闯出自己的河道

东流　东流
高奏冲天的音符
扑向大海的怀抱

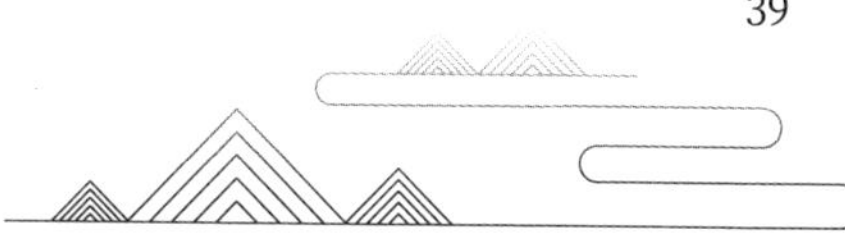

东流吧
冲刺吧
去荡涤河道淤积的泥沙
还有那固有的历史沉渣
冲破山岚的遮挡
追寻丢失的太阳

1988 年 7 月

盼

盼着能像春风一样
轻轻地轻轻地飘来清爽
盼着能像乐曲样
悠悠地悠悠地飘来窗前歌唱

盼着能像流水样
柔柔地柔柔地在房前屋后流淌

盼着能像细雨样
绵绵地绵绵地滋润心田舒畅
盼着能像鸳鸯一样
形影不离嬉戏水面悠悠情长

盼着能像高粱酒样
飘来幽幽醉人的甜香
盼着能像葵花样
不知疲倦一生永远围绕着太阳

噢
盼着盼着
脚步响了
心儿跳了
脸儿红了

1988 年 10 月

夕　阳

在行将退去的瞬间
用心中满腔的沸腾
点燃了蔚蓝的天边
即便是隐没在地平线下
也要用那最后一滴血
点画江河山川
犹如初来人间一样壮观

请不要说
夕阳无限好只是近黄昏
即使在东半球消逝了
也会即刻在西半球复生

1993 年 3 月

（发表于《老干金秋》1993 年 8 月号）

母　亲

母亲是一缕晨曦
在笤帚的唰唰声里
扫去黑暗的夜幕
铺开灿烂的黎明
安抚了顽皮的星斗
唤醒了沉睡的太阳

母亲是一架犁铧
在布谷鸟的啾鸣声里
耕耘着生活的土地
弯弯的犁拱就是你的背脊
金秋的艳阳下
幻化成沉甸甸的谷穗
幻化成醉人的果香

母亲是一座闹钟
告诉我时光的脚步匆匆
每一个拼搏时刻
呼唤我走出梦境

母亲的叮咛成为我心中的警告
你手中的那把剪刀
已锻打成时针和分针

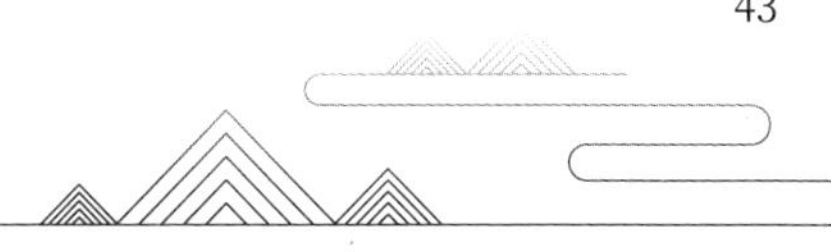

指示生命的航向

母亲是一岭矿山
奉献着无数宝藏
母亲是一条长河
浇灌着未来和希望

1993 年 7 月

（发表于《航天试验报》1995 年第 8 期）

家乡风光

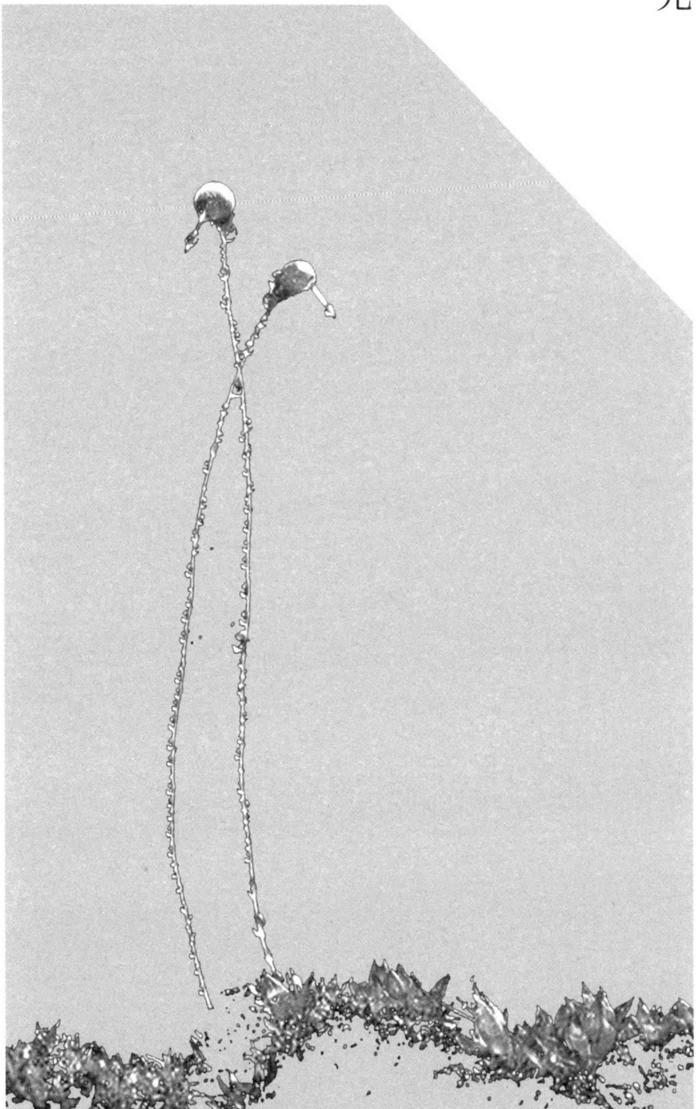

凤县览胜

嘉陵源头秦岭巅，褒斜栈道连云险。
街亭锁喉陕甘川，陈仓古道樵夫冤。
楚汉风云废丘关，留侯访仙紫柏山。
玄奘历险唐藏滩，神龟驮经通天畔。
凤鸣南岐岭晴岚，铁棋仙迹石猴观。
萧寺晨钟唐沟柳，石门秋月鸣玉泉。
双月嬉戏古羌寨，夜走灵官遗名篇。
丰禾古刹星斗灿，高喷直冲云霄汉。
球幕电影碧水环，凤凰湖映廊桥帆。
瑶池仙境落人间，最美小城胜江南。

2013 年 3 月

夜游月亮湾偶成

（一）

邀友休闲月亮湾，诗画长廊映眼帘。
驻足品味个中趣，乐在山水不思还。

（二）

月亮泉映石雕墙，三凤栖顶揽客忙。
星稀月朗径通幽，竹海浮翠夜色凉。

（三）

月亮湾记醉人篇，玉兔戏竹月宫寒。
拂袖嫦娥追星斗，日月同辉伴客玩。

（四）

夜色朦胧铁塔炫，樱花摇曳暗香远。
痴迷不敢纵声语，恐扰丛林梦乡酣。

2013 年 4 月

凤县红叶

凤县红叶舞动着大散关铁马秋风的飒爽
从秦岭之巅一路按着连云栈道的印鉴
在山涧沟壑把壮美的生命尽情绽放

凤县红叶蕴藏着熔岩般的积淀
喷薄出火山般的烈焰
烂漫着天地人文的沧桑变迁

南岐山的红叶久远深邃
远古补天掉落的碎石撞击出女娲故里漫山红遍
羌人迁徙厮杀留下的印迹染红了枫叶的颜面

红花铺的红叶意蕴悠长
草凉驿马蹄迸发出的星星战火
炙烤的红叶分外妖娆

酒奠沟的红叶浓烈酣畅
洒向祭奠英烈的烧酒
喝红了酒奠梁汉子敦厚的脸庞

留凤关的红叶豪迈悲壮
千年汉霸两山对峙的恩怨
茂密的白皮松难压红叶喷出的火焰

陈仓古道的红叶凄怨悲凉
樵夫的热血染红了满山鸣冤的叶片
马谡失街亭啼血的泪滴溅红了蜀道壁岩

平木的红叶离奇迷茫
诸葛先生的陵墓被层层红叶埋藏
灵气熏染枫叶射出智慧的光芒

通天河的红叶豪放狂妄
玄奘石佛面彩气光照群山气宇轩昂
探路石射出美猴王火眼金睛的红光

和尚塬古战场的红叶激越铿锵
二吴抗金辉煌的战史映红了红叶的衣裳
红军鏖战凤州血染的风采再振红叶雄风形象

灵官峡的红叶热烈激扬
宝成线夜战的灯火
为红叶增添了更加迷人的分量

凤县红叶映着富士的红润裹着大红袍的椒香
村民脸上荡漾的红晕融和着满腔热望
陶醉在红火的金秋梦乡

月亮之城凤凰之乡畅想着美丽的梦想
满腔热情走上民族复兴之路迸发出的激情
燃烧的凤县红叶愈加令人心驰神往

2013 年 8 月

凤凰湖景纵览

嘉陵源头秦岭巅，小峪河汇水流湍。
凤凰湖映廊桥帆，球幕电影碧水环。
八景浮雕鲲鹏展，翻板拦江龙凤欢。
双月嬉水游船乱，五彩池瀑江岸悬。
丰禾古刹星斗灿，音乐高喷云霄汉。
玉宇琼楼绕水转，满湖沸腾不夜天。
瑶池仙境落人间，最美小城胜江南。

2013 年 8 月

（发表于《凤县文艺界》2016 年第 2 期）

秦岭吟

秦岭穿云端，蜀道难登攀。
宝成通天堑，车飘浮云巅。
公路弯上天，人驾雾霭帆。
牛羊满山川，耕耘在天边。
氤氲绕峰峦，美景赏不完。
春阅翠绿鲜，夏赏牡丹艳。
秋览红叶灿，冬观冰雪漫。
古道民宅苑，徽派马头檐。
观光生态园，休憩农家院。
民风羌寨连，待客喜笑颜。
秦岭花谷建，四季花香伴。
长廊百里观，悠然陶醉欢。

2013 年 9 月

凤县羌寨

神龟石背耸碉楼，演艺中心羌韵柔。
萨朗涟漪惊鸟舞，漂流探险立潮头。

2013 年 12 月

凤县县城夜景一瞥

星月齐坠湖里现，高喷游艇羌舞欢。
列车入蜀城中过，凤县山城不夜天。

2014 年 1 月

凤中峪泽园春色

草青竹翠绿柏塔，桃粉兰白红木瓜。
棕榈华盖遮龙爪，樱花蕊蕾吐新芽。
牡丹展姿开奇葩，芍药含羞藏低洼。
蝶舞蜂喧不恋家，鸟语呢喃学咿呀。
回廊曲径通明达，泽园学海深无涯。
光阴荏苒催华发，书声琅琅当学霸。

2014 年 3 月

秦岭印记

秦岭峭峰挂雾帘，嘉陵腾浪沟壑间。
南巡峻岭杳无界，北望峰崖兀自悬。
横亘东西筑屏障，风光南北换容颜。
陵江渭水不同色，缘自天然造景观。

2014 年 5 月

秦　岭

东西横亘踞中间，南北阻隔两重天。
蜿蜒连绵尾不见，嶙峋错落入云端。
南北气候分界点，翻越峰峦到江南。
森林覆盖绿满眼，物华天宝藏金砖。
江河源头深沟涧，渭水嘉汉不同颜。
南坡不觉上山巅，北崖断裂万丈渊。
古昔蜀道难于天，而今宝成越天堑。
南腔北调侃大山，秦川天府物流欢。

2014 年 6 月

嘉陵江夜景图

（一）凤凰湖

遍野繁星映水间，粼光潋滟荡船帆。
龙庭演义天宫斗，高喷云螭蹿上天。
游客如织接踵望，追寻始祖夜不眠。
坝堤琼宇廊桥亮，携带羌音逛蜀川。

（二）江堤长廊

陵江灯盏连羌寨，除却黢黑照岸端。
栈道诗词刻石久，沿途风景醉人欢。
茶余散步说长短，你去他来问暖寒。
最是专心观水域，难得夜钓享悠闲。

（三）江堤长廊

长堤十里星灯亮，石护钢栏挺路旁。
栈道诗词迷醉眼，赏心穿越路人狂。
晨出唤日迎霜露，晚步邀星浴月光。
田野花果蜂鸟喜，香风熏客履屐忙。

2014 年 10 月

（发表于《凤县文艺界》2017 年第 5 期）

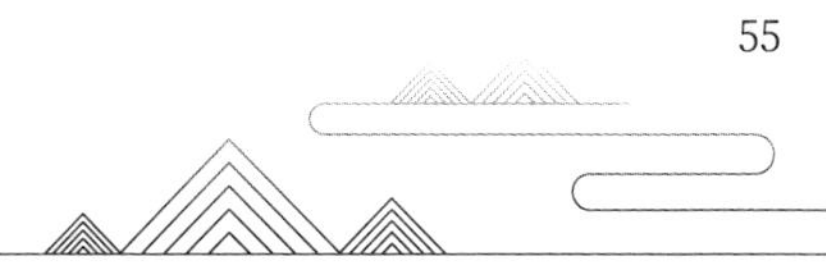

凤县景联四则

（一）栈道连云

秦岭雾锁湮散关陵江入蜀
南岐凤鸣奏羌韵驿路通天

（二）凤岭晴岚

秦岭娲魂凤鸣羌韵舞萨朗
陈仓栈道楚霸街亭耸高喷

（三）秦蜀咽喉

凤鸣秦岭嘉陵宝成通天府
羌韵娲魂驿路云栈走灵官

（四）秦陇锁钥

秦岭陈仓道凤鸣娲羌韵
栈道连云寺高喷萨朗欢

2015 年 3 月

消灾寺

佛道合一豆积山，消灾寺庙踞峰巅。
欲登顶尖须攀岩，坡陡道险路蜿蜒。
晨钟远播古城垣，凤州八景久流传。
明皇避难名声远，玄宗赐笔逾千年。
药师大殿半山间，焚香祈福佛经念。
化灾求药保平安，逢凶化吉除忧患。
西居果老有奇缘，弃官修道成大仙。
铁棋仙迹稀罕见，通玄崖洞真迹现。
感念悟道重恩典，点化猴石把酒献。
跌水瀑布不老泉，九级层叠琼浆甘。
祈福天梯四王看，二龙衔珠寓意含。
九九佛石音乐伴，心中有佛处处禅。
三十二相牟尼颜，道尽佛祖历艰险。
十二圆觉菩萨还，修行得道功德满。
八十八佛展新面，动感观音势壮观，
大悲手印指坤乾，莲花蝙蝠运连连。
生肖观音尽情览，上香参拜属相欢。
尊儒参禅求佛愿，洗净灵魂重涅槃。

2016 年 2 月

桃花岭

连云栈道有奇观，神龟戏卧旺浴滩。
北望凤岭晓晴岚，西眺楚汉废丘关。
鳌头庙宇镇河川，保佑黎民少祸端。
桃花姑娘生秦间，佳酿技艺世不凡。
不入阿房献美颜，忠魂埋葬东头山。
易名桃花峻岭苑，酒铺桃花美名传。

桃花山岭博物堂，远古石器集聚广。
染布石缸石布架，罕见造纸碾槽棒。
天外来客飞奇石，榨油石槽碌碡王。
翰林桅杆状元石，将军基石立道旁。
石碑石门石牌坊，福祉降香唐明皇。
石狮石墩石炉香，乾隆太山石敢当。

桃岭历史渊源长，遗留石器勇担当。
栈道驿站洞存粮，岭西密林隐匿藏。
物华天宝桃岭旁，白皮松树世无双。
鳌头凝望铅硐梁，开采造福万年长。
月亮古树年不祥，九级树塔顶尖亡。
槐抱白松两树王，恩恩爱爱千年狂。

2016年4月

（发表于《凤县文艺界》2016年第1期）

永生村长寿的密码

我追寻
追寻你长寿的密码
想必
你定有古老的炼丹魔法
炼就了不老丹发扬光大

我寻觅
寻觅你长寿的密码
想必
定能找到不老的秘籍
我也能长命百岁眼不花

我企盼
企盼得到容颜不老的祖传奇法
想必
准能发现村中的蛛丝马迹
我也能返老还童不白发

我发现
发现三百年的核桃树还在开花
耄耋长者到处转悠把酒话桑麻
百岁老人精神矍铄容光依然焕发
是不是纯阳井水养育了他

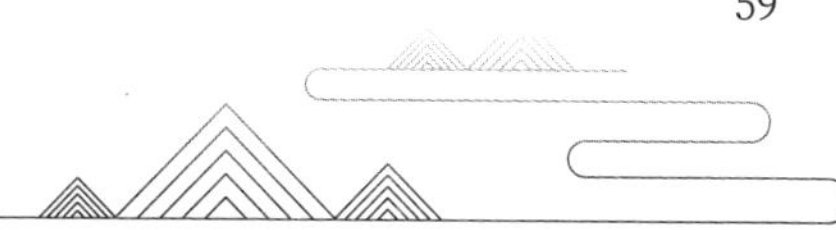

我转我看
我看到了桃花源的再次繁华
还有竹海听涛荷塘映月的潇洒
养生全竹宴的香甜少了油花
是福禄寿三星台的守护你才这样福大

我思我忖
小桥流水人家天然氧吧
石磨手工豆腐绿色食物没有掺假
望得见青山看得见碧水没有名利牵挂
我终于找到了永生村长寿的密码

2016 年 4 月

（发表于《凤县文艺界》2017 年第 1 期、《延河》2017 年 9 月下半月刊）

白蟒寺

韦陀菩萨骑白蟒，降雨除旱化饥荒。
喇嘛斩蟒献生命，降伏恶魔保安康。
从此寺庙建山上，稼穑耕种运顺昌。
传说无根愿善良，祈福香火名远扬。

金甲神乘白蟒王，风调雨顺护稼粮。
白色大棚绿海洋，无害蔬菜富廪仓。
村舍白颜马头墙，一村一品建设忙。
多种经营奔小康，文化广场展梦想。

2016 年 5 月

陈家湾

一棵古朴沧桑的千年古槐
隐藏在河湾窑洞土坯房的村寨
历经阳光风雨寒霜冰雪严格考验
岁月的刻刀无情雕裁
千疮百孔的树干拦腰折叠没有冲向天外
横断的虬枝撑起蓝天依然团团翠绿如盖
盘根错节的根须裸露着顽强的命脉
记载着陈家湾历史的变迁和大地情怀

凉泉寺地坛埋藏的陶瓷碎片
见证着仰韶文化源远流长使人膜拜
唐玄奘陈氏取经路过手植紫柳神脉
告诉我们陈家湾来历传说千年不衰

耸立的净瓶护佑柳园显示着神力还在
不朽的古槐唐柳安然无恙未被洪水伤害
石桥流水亭榭楼阁池塘观景平台
媲美大唐芙蓉园的景观实在不赖

唐僧柳的不凡神姿成了名片无法替代
白墙青瓦徽派马头檐整齐划一村庄新姿态
会说话的墙壁图文并茂讲述着仁义博爱
弟子规的枝叶葱茏了家家户户栅栏墙寨
街巷诗意命名温馨和蔼
绿树红花掩映的民居与火柴盒堆积的城市默默地比赛

汇丰农场引领农村发展跟上了新时代
种植养殖观光旅游绿色果品由你采摘
休闲垂钓健身游泳天然氧吧聆听无数天籁
陈家湾美丽乡村建设走在了前列

2016 年 6 月

秦岭云顶之村东河桥

时世混沌连地天，盘古神斧劈山峦。
自然分明划界线，秦岭南北不同颜。
嘉陵江水出鳖涧，川陕公路飘云端。
远古蜀道遇天堑，而今宝成通途宽。
云顶乡村古驿站，楚汉栈道连蜀川。
二吴抗金和尚塬，兵家必争锁钥关。
神农采药黑龙潭，原始化石活冷杉。
古今墨客留诗篇，东河桥寨换新颜。
白墙红腰灰瓦片，徽派民居马头檐。
飞甍屋脊雕画卷，农家乐里享悠闲。
千亩葵园金灿烂，水上公园乐无边。
冬观冰封银雪幔，夏赏烂漫绿春苑。
豆腐美宴有渊源，炎帝教稼种豆蚕。
石磨豆汁点卤盐，创先鼻祖尊刘安。
豆腐文化传承远，破解农村发展难。
南来北往游客赞，秦岭明珠耀璀璨。

2016 年 8 月

太白山

翠屏山岚氤氲绕，温泉洗浴乐逍遥。
一片碧绿春犹在，单衫短袖热汗潮。
绿色长廊负氧含，神清气爽心绪高。
醉卧神山留奇观，泼墨山峰太白庙。
莲花瀑布玄德洞，铜墙铁壁战阁道。
世外桃源药王栈，隐身潭水开天阔。
洞宾剑劈终南峰，独山羞愧蓬莱逃。
四纪冰川布石阵，七女八仙高空眺。
斗姆百潭红丹崖，神龟宝蛋卧石槽。
盘旋公路半山腰，秋色渐浓寒光照。
天下索道登峰巅，天圆地方众山小。
遗憾未临积雪山，落日红霞金光耀。
缆车犹如萤火虫，飞上天空伴星遨。
气象万千变无常，独特位置奇地貌。
寒气袭人入冬早，雨披裹身当棉袄。
一日漫游太白山，一年四季轮回到。
南北屏障分水岭，天然博物奇异草。
中央公园这里瞧，华夏山川醉美妙。

2016 年 10 月

姜太公钓鱼台

扭柏沧桑岁过千，并排护殿立前端。
滔滔渭水出石洞，孕璜遗璞卧岸滩。
姜尚直钩思钓位，足屐留嵌大石颜。
六韬伐纣齐国立，朝野乾坤世事安。

2017 年 4 月

戊戌正月初五游宝鸡坪头九龙山

丹霞地貌九龙山，石怪腾空状穆然。
奇险玻璃桥栈道，三峡美誉在潇湾。
雾飘紫气绕禅寺，庙宇石窟挂空悬。
寻禄纳福风景异，斜风细雨雪积巅。

2018 年 2 月

神木，一个令人神往的地方

神木
一个神秘的地方
始祖轩辕黄帝部落都城所在地
孕育黄河流域文明中心的地方
石峁遗址
四千多年前人类聚居地
华夏第一城邦
现存史前最大城址的实物景观长廊

神木
一个神秘的地方
人杰地灵人才辈出
满门忠烈杨家将
戍边卫疆流芳百世长
世世代代涌现赤胆忠良
神府革命老区播下了星星火种
留下了共产党人战斗的足迹

神木
一个神奇的地方
菱形区域的地理盆景彰显北国风光
“几”字弯的流向是母亲河的独特形象
小华山“驼峰夕照”云川八景美名远扬

“塞上明珠”红碱淖沙漠淡水湖是鸟的天堂
物华天宝煤气富饶品质享誉全国
光热可观非遗独有三秦面积最大西部综合实力最强

神木
一个令人神往的地方
“神奇神木神秘神往”
旅游名片影响力和美誉度不断增强
英雄志士演绎的传奇人生激情豪迈的神奇故事
讲述着神秘的过去和变幻的沧桑
黑豆小米神木味道“三区两家园”建设方向
神木将书写蓬勃雄劲恢宏大气的重彩华章

2023 年 2 月

四时即景

山野春图

鸡鸣惊醒莺歌舞，日羞酡颜躲山巅。
晨雾炊烟飘壑涧，羊咩犬吠乳牛欢。

2013 年 4 月

山中晨练偶得

一路马兰伴君玩，雾气氤氲绕峰峦。
一声长啸惊山野，绿色海洋任鸟欢。

2013 年 4 月

观雨偶得

细雨蒙蒙驱雾罩，微风阵阵荡枝条。
开轩纳翠神清爽，山色初霁现虹桥。

2013 年 5 月

秋

秋浓寒重银霜露，色乱层林描摹难。
衰草枝秃唯菊艳，瓜香豆栗垄田欢。

2013 年 10 月

夜观荷塘

钱塘潮起浪涛翻，碧海星稀月晕圆。
寂静荷塘风不语，花枯叶败水无言。
蛙鸣蟋蟀齐声奏，池映楼阁鱼觅欢。
雪藕污泥身自净，芳菲永驻在人寰。

2013 年 12 月

冬日渔猎

山黛树秃冰串挂，猪獾藏洞狩空还。
水凝河瘦鱼沉底，独坐寒江钓悠闲。

2013 年 12 月

企　雪

企盼着
渴望着
祈祷着你的到来
广袤的大地敞开了博大的胸怀
久久地企待着你热烈温馨的拥抱
龟裂干涸的土地张开了贪婪的大嘴
祈盼着你深深的亲吻吮吸滋润肝肠

企盼着
渴望着
祈祷着你的到来
饥渴难耐萎缩枯黄的麦苗
渴望着你铺天盖地汹涌而来
给她盖上严严实实厚厚的棉被
让她憧憬茁壮成长颗粒饱满的丰年

企盼着
渴望着
祈祷着你的到来
细长腰身的小河
祈盼着你悄无声息到来
带来雍容装点衣裳
让鱼儿尽情嬉戏欢天喜地舒畅游荡

企盼着
渴望着
祈祷着你的到来
天真烂漫的孩童
祈盼着你的到来
扫除雾霾中肆虐的病菌
从医院回到温暖美好的家

2014 年 1 月

晨　　景

星月困乏踪迹隐，东方鱼肚天际明。
鸡鸣犬吠惺忪鸟，惊醒牛羊地垄行。

2014 年 2 月

雨夹雪即景

呼啸风急吹面耳，雨斜雪洒润禾苗。
梅残怒绽迎春笑，人面桃花唱童谣。

2014 年 2 月

春雪晨景

天地混沌银衫裹，棉桃遍野竞相开。
日出笑靥氤氲散，花伞飘飘美景来。

2014 年 3 月

春雨即景

风紧雨急溪水满，绿肥红瘦泥土香。
氤氲朗润屏围绿，墒饱土酥好种粮。

2014 年 3 月

棕榈树

根深叶茂如华盖，碧绿长存不换裳。
春到黄花形似谷，秋结墨籽媲珠玉。
躯干紧裹麻纱被，扇叶轻摇燥热凉。
退却袈裟无悔意，华衣奉献棕榈床。

2014 年 4 月

油菜花开

油菜花开
开在江南水乡的村村寨寨
开在长城内外层层梯田环绕的广袤塞北
开在人们希望的田野是蜂蝶的最爱

油菜花开
开满大自然的襟怀
山山岭岭层层叠叠波澜起伏的花海
把春装扮得更加绚丽多彩

油菜花开
开出了金光灿灿的自然媚态
呼蜂引蝶惹得鸟儿也来谈情说爱
更让那踏青的情侣流连忘返格外青睐

油菜花开
开得蜜蜂痴迷醉卧花海
嗡嗡嘤嘤拨弄琴弦弹奏采蜜的欢快
就着阳光和着山泉酿造自己梦想的屋宅

油菜花开
开放了人们封闭的心态
听着候鸟讲述发生在南方的美丽故事
憧憬着幸福生活和光明未来

油菜花开
开得人们心潮澎湃
羡慕庄生晓梦迷恋的蝴蝶在花海自由自在
感叹梁祝化蝶翩跹起舞形影不离的情爱

油菜花开
开得人们有道不尽的感慨
文人墨客总想留下经典的诗文感人情怀
艺术家的相机总想永远定格蜂蝶采花的美丽瞬间

油菜花开
开得人们心存无限期待
开得人们年复一年追寻梦的招徕
开得人们众里寻觅不等回眸春光已无限灿烂

2014 年 4 月

天凉好个秋

走着走着
你终于走到了黄经 135 度
喷火的烈焰不再那么威武
夏蝉不再不分昼夜地宣泄
蟋蟀弹奏出了温凉的秋韵
哦，天凉好个秋

翻着翻着
日历终于翻到了属于你的节气
三伏酷暑的汗水
清瘦的河水终于日渐丰满
灰头土脸的大地终于盼来洗涤焦灼心田的雨季
哦，天凉好个秋

盼着盼着
终于盼到你光临神州大地
瓜果飘香展示着夏的耕耘秋的成熟
怀揣梦想的学子身背行囊跨进秋天的学堂
挥一挥手作别汗流浃背的炙热考场
哦，天凉好个秋

2014 年 8 月

竹

严冬酝酿骨节环，新春破土可入餐。
嫩叶熬水排肠患，逢雨拔节长参天。
夏日密林华盖伞，草枯叶衰绿苍山。
雪压身曲不折断，外直虚心品质显。
出生贫瘠荒野间，独身挺立根基连。
狂风不摧蜂蝶远，岁寒三友不惹眼。
奉献人间乐无边，粉身碎骨无怨言。
成材失友叶林挽，春风催生又一片。

2014 年 12 月

春天真好

隆冬脱胎换骨涅槃重生
大地敞开博大宽厚的胸怀
接生了一个活蹦乱跳的春天

蜡梅站在枝头告诉迎春花
我送走寒雪脸冻开了花
你笑醒乍暖的春天真好

蜷缩了一冬的小草抖抖身上的泥土
看看田间的麦苗羞涩地把小手摇摇
你早早享受春光的抚慰可真好

冬眠酣睡了一季的动物
被惊蛰的雷声吓醒钻出洞穴伸个懒腰
揉揉惺忪的睡眼感叹温暖的春天真好

禁锢了一冬的孩童在春风里
终于可以挣脱大人的束缚投入大自然的怀抱
花丛中灿烂的笑脸告诉人们春天可真好

蜗居了一冬的人们终于可以走出家门
在广袤的田野架起犁铧播种希望的种子
收获春回大地的喜悦心里感觉春天真好

打工族像候鸟般告别一年的辛劳
团聚在父母妻儿身旁
其乐融融的团圆饭感觉春天可真好

足不出户的老人
听着儿女打工回来讲述南方的故事
心里痒痒的也想去感受春天的阳光

古稀耄耋的长老
看着难得团聚的热闹
高兴得想永远活在这美好的春天

2015 年 2 月

观冬泳表演

元宵佳节雨雪狂，寒风刺骨湖水凉。
江面潋滟泛粼光，冬泳健将英姿爽。
绿水红衣蛙姿靓，湖面人鱼齐欢畅。
巾帼飒爽斩波浪，八十寿星逞雄强。
歌曲悠扬气势昂，锣鼓震天助威忙。
踮脚拍手探头望，冬泳精神人赞扬。

2015 年 3 月

春雨即景

风寒斜雨柳丝扬，绿壮英衰铺满廊。
伞密道滑车马聚，惊飞鸟雀散飞忙。
云开日酡当空照，山色空蒙绿意长。
柔水涟漪锦鲤跳，垂竿岸上笠翁郎。

2015 年 3 月

清明祭

雨打枝头杏李稀，人车攘闹惊鸟啼。
东西路口焚心愿，捎去纸钱祭哀思。
孤冢荒坡安魂魄，鲜花水果腊肠鸡。
狂风骤雨休拦道，诚挚真心慰爱妻。

2015 年 4 月

清明踏青

清明小城天色开，呼朋唤友踏青来。
逃离喧嚣郊野外，油菜迎春湮梨白。
凤爪虬枝春意赛，老桃盘龙木架抬。
蜂喧蝶舞把蜜采，亲吻蕊心长镜拍。
桃花映面倩影帅，你去他往花海来。
落英缤纷野菜盖，寻觅绿食乐开怀。

2015 年 4 月

暮春田野即景

黄土白垄密密连，铺银撒雪嫩苗添。
麦田孕穗怀希冀，碧海起伏绿浪翻。
桑葚乌黑挨手破，樱桃红亮惹嘴馋。
耕耘解渴草莓笑，侍弄丰收大地欢。

2015 年 5 月

仲夏玉兰树

密密树林阵阵风，幽幽香气频频闻。
层层绿叶白白萼，挺挺玉兰俏俏萌。

2015 年 6 月

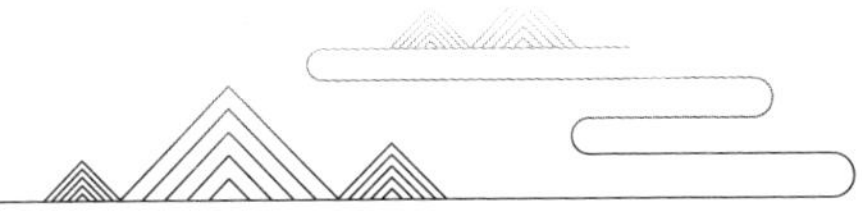

孟夏田野

麦田滚动翻绿浪，苞谷招摇碧翠颜。
黄杏红桃藏叶笑，蝉鸣夏到快磨镰。

2015 年 6 月

酷暑一瞥

七月烈阳烘炙烤，火舌缕缕满地墀。
夏蝉亡命嘶声叫，行客浃背车马稀。
田野空寂人罕至，建筑塔吊放收急。
撤离炉火寻凉地，梦想空调送暑敌。

2015 年 7 月

白露偶成

晨穿夹袄倍觉凉，午换短衫热汗扬。
昼夜春冬同日现，白露时节猛虎藏。

2015 年 9 月

田野秋色

寒露秋更凉，漫山红绿黄。
玉米金牙镶，豆荚摇铃铛。
小麦嫩苗秧，浅掩黄土壤。
棉桃白雪样，高粱火把亮。
石榴咧嘴望，苹果红脸庞。
大枣穿红装，柿子黄金相。
辣椒红线长，白菜裹衣裳。
菜花绿叶旺，南瓜圆肚囊。
萝卜拔地长，大葱挺坚强。
风和雨顺畅，瓜果遍地香。
秋菊竞绽放，香溢满村庄。
牛羊山川逛，田野收获忙。

2015 年 10 月

春天来了

为了梦中生命的萌发
秋天里播下了希望的种子
在雪花抛撒的第一份请柬里
深深地埋在大地的怀抱酝酿
好一个瑞雪兆丰年
雪化了
春天悄悄地来了

为了破壳而出的生命
在收获的季节里积攒下了枚枚希冀
于漫长的寒冬里去南方寻找温暖
在春打六九头的信息里
用南方的温度孵化出了崭新的故事
呢喃的燕子告诉人们
春天来了

为了生命的重新绽放
用最后一滴血描绘了苍山的烂漫
最终化为根须的积淀
经过隆冬的发酵
终于在七九河开顺河看柳的树梢
毛茸茸的苞蕾吐出了嫩嫩的绿芽向人们报告
春天来了

为了梦中生命的诞生
在秋天的池塘里不知疲倦地鸣叫
产下了串串晶莹剔透的黑珍珠
在严冬寒冰的考验下
于惊蛰的雷声中苏醒
小蝌蚪摇着长长的尾巴宣告
春天来了

2015 年 10 月

春分梨园踏青

日丽风和香满地，纸鸢邀友赏翠微。
梨白万顷银河现，疑是枝头雪花堆。
偶有蕊红枝绽芳，并非蝶舞惹蜂追。
不甘寂寞桃凑趣，凝视目光惹蹙眉。

2016 年 3 月

山野春雨即景

夜雨落英铺彩道，晨岚缭绕罩山峦。
叮咚泉水溪涧溢，鸟语枝尖唤绿颜。

2016 年 3 月

春日踏青见闻

一夜春雨天放晴，户外踏青涤心尘。
曲径通幽鸟歌吟，溪流淙淙泉涌喷。
麻雀化为五线谱，锦鸡尖鸣兔狂奔。
落英沾地草萌动，菜黄桃粉蜜蜂吻。
儿童摘花捉蝶萌，妇妪田间觅欢欣。
果农剪枝施肥粪，牛壮田垄忙耕耘。
羊咩山坡嚼绿藤，犬吠院前当门神。
猫咪爬树钻窠洞，鸡群草丛啄蚊蚓。
鹅鸭溪涧戏鱼虫，猪仔眯眼享温存。
灶间媳妇烹佳肴，一缕炊烟直入云。
山谷寂静无喧嚣，桃源村落又逢春。
流连忘返险迷途，悠然自得醉人心。

2016 年 3 月

春暖花开时光好

连日阴雨淋浇得颜面一片蜡黄
突然放晴的天穹使人欣喜若狂
背起行囊带上憧憬走出发霉的屋堂
融入自然享受阳光世界变了模样

花儿簇拥挤掉了耳朵沾在了泥土上
大地拥有了颜色和馨香
万物复苏穿上了崭新的绿装
集聚共商送给夏天什么礼物最时尚

画眉叽叽喳喳发出的邀请欢快嘹亮
招来了赶集似的鸟雀齐奏大合唱
蜜蜂嗡嗡嘤嘤和花蕊亲吻没有遮挡
蝴蝶翩跹没入菜花映得山川一片金黄

踏青的人群你来我往一路欢笑没有忧伤
孩童摘花捉蝶无忧无虑忘记了饥饿的肚囊
妇妪的巧手没忘草丛中寻觅采摘绿色食粮
老翁氧吧欣赏美景谈论着新闻和养生的感想

炊烟袅袅猪儿唠唠鸭儿哩哩农家酝酿着希望
羊咩牛哞田野里一派耕耘忙
旋转的塔吊轰鸣的机器正在建造着未来的梦想
中国梦正播撒在中国春天的大地上

2016年4月

春暖花开

春暖花开
开在岭南的水乡村畔
层层稻田织上了行行碧绿
莺歌燕舞演奏着行将结束的南方之恋

春暖花开
开在大江南北的田间地边
房前屋后满是油菜金黄一片
蝶舞蜂喧正在装点着长江画卷

春暖花开
开在秦岭的沟沟坎坎
遍野山花烂漫如天堂花园
鸟语花香正在述说着崇山峻岭的春天

春暖花开
开在塞北的荒漠戈壁滩
花的点缀使风吹草低见牛羊的草原不再孤单
春光明媚的大好时光已度玉门关

春暖花开
开在了长城内外
开在了天南海北
开在了各族人民欢乐的心坎

2016 年 4 月

秋天的颜色

秋天是什么颜色
树叶说
秋天是黄金灿灿
春雨滋润给我嫩芽的生命
夏日阳光给我成长的积淀
成就了我成熟的金黄身段
回馈大地对我的养育恩不能变

秋天是什么颜色
枫树说
秋天是血染的风采情洒满山
春风吹拂给我五角形的颜面
烈日炙烤给我燃烧的火焰
满腔热忱喷薄出热血沸腾
点缀江山的美丽画卷

秋天是什么颜色
松竹说
秋天是春天的绿色容颜
春天换装一如既往不换颜面
夏天绿荫增添凉爽大地不流汗
经久不衰的绿色生命
给单调的秋天颜色留下了生机无限

秋天是什么颜色
果树说
秋天是红黄绿的调色板
春天的细雨将我扮成五颜六色的花篮
热烈的夏阳为我挂满果实
红苹果石榴黄柿子还有黑葡萄
为人们奉献酸甜美味余香永留人间

秋天是什么颜色
大地说
秋天是满地的黄金闪闪
春天的种子在土地里孕育
阳光风雨的照耀浇灌
玉米黄豆稻谷个个籽粒饱满
春华秋实大地给人类奉献出黄金一片

2016 年 9 月

秋天的符号

谁能告诉我
什么是秋天的符号
日历说
我来告诉你
立秋的节气就是秋天开始的符号
秋蝉鸣噪告诉你秋天已经来到
二十四个秋老虎告诉你
秋天来了太阳仍然会炙烤

谁能告诉我
什么是秋天的符号
宁静的夜晚说
我来告诉你
夜空飘荡的多重合奏就是秋天到来的符号
蟋蟀唧唧伴着蛙声吹响了邀请秋天赴约的号角
丝丝凉风赶走了难耐的酷暑
人们终于可以睡一个安稳觉

谁能告诉我
什么是秋天的符号
枯黄的落叶说
我来告诉你
离开生养我的母亲就是秋天最早的符号

叶落归根是自然法则
谁也无法抗拒不能逃脱
也是我回馈大地的最好恩报

谁能告诉我
什么是秋天的符号
高高的山岗说
我来告诉你
层林尽染就是秋天最美的符号
赤橙黄绿任意泼墨秋的颜色不再单调
无声无息的秋果给人们的生活增加了味道
大地的屏风上画满了多姿多彩的水墨画稿

谁能告诉我
什么是秋天的符号
绵绵的细雨说
我来告诉你
雨后添加的衣服就是秋天最明显的符号
人们辛勤劳作积攒的汗水
终于在这个季节可以浇灌大地
为春种做最好的储备使土壤墒饱

谁能告诉我
什么是秋天的符号
广袤的田野说
我来告诉你
五颜六色的田地是秋天最好的符号
金黄不语的庄稼红白黑紫的蔬菜瓜果
是秋天最好的音符
奏出春华秋实最美的乐章余音袅袅

2016 年 10 月

油菜花

春风阳煦铺山坞，遍野黄橙尽兴涂。
烂醉蜂蝶迷返路，芳熏魂魄已失足。

2017 年 4 月

梅

白颜凌厉独空俏，误雪不飞首季来。
孤傲品格浓郁远，冰晶风骨展情怀。
蜂嫌起舞无陪伴，蝶怨采花早已衰。
吾辈逢寒没绽蕾，尔曹遇冽敢先开？

2017 年 12 月

雪是什么

雪是什么
大地说
雪是滋润厚土的雪花膏
麦苗说
雪是兆丰年的厚棉袍
河流说
雪是薄冰的添加剂分外妖娆
孩子说
雪是童真童趣的加速器格外想要
大人说
雪是驱除雾霾的能手无人能超
驾驶员说
雪是又爱又恨的情人弃之不了
冬天说
雪是我送给人间的感情包
春天说
雪是我发出的热情之邀

2018 年 1 月

钓翁思

风和日丽钓翁欢，邀友呼朋坐岸边。
放线垂竿平水域，浮漂静卧享清闲。
恋食殒命惊厥挣，只因贪心不觉然。
隐士修行云水路，僧徒悟道蜃楼仙。

2018 年 1 月

春

纸鸢诚请南方客，燕尾裁出柳韵长。
蜂吻蕊头腰更俏，蝶亲萼瓣翅留香。

2018 年 2 月

风　筝

横空出世艳阳天，得意扬扬舞蹁跹。
欲上九天遮宇昊，可惜命系一丝牵。

2018 年 2 月

春　雨

六九的冷风鼓起腮帮一吹
冬天的积雪灰头土脸飞上穹苍
趁着黑夜洒泪悄悄地来到人间倾诉衷肠

麦苗说
你是甘露琼浆滋润我心田
我要分蘖成长多想和你拉拉家常

小河说
你是葡萄糖浆丰盈着我的血液能量
我要体肥强壮没你怎能掀起波浪

大地说
你是保护我皮肤水嫩光鲜的营养霜
没有你万物不知苏醒睡懒觉没有商量

雾霾说
你是驱除尘埃的灵丹妙药
我想还蓝天美貌没有你我能量太小难以退场

2018 年 3 月

春天是怎么走的

我到处寻觅
春天是怎么走的
花儿说
是绿叶把春天挤走的
绿叶说
是风儿把春天吹走的
风儿说
是雨儿把春天淋走的
雨儿说
是蜜蜂把春天采走的
蜜蜂说
是太阳把春天晒走的
太阳说
是夏日把春天接走的

2018 年 4 月

清明忧

突然一夜风霜骤，天晓清明祭祀忧。
雨润草青英落厚，椒核芽蕾断垂头。
荒原孤冢亡灵怨，何圣福泽硕果收？
早化纸烟驱霰露，乐得人间享温柔。

2018 年 4 月

冬　至

冬节晨雪唤梅开，枝干迎阳蓓蕾乖。
夜短昼长衾枕暖，饺香难咽泪流腮。

2018 年 12 月

大寒街景

朔风凛冽割颜面，雾雪翩跹遇大寒。
张灯结彩集市闹，满心欢喜备新年。

2019 年 1 月

立夏感怀

立夏雪飘时令乱，冬春又返众哗然。
寒热变换家常事，荏苒光阴不复还。
分秒若能回倒走，河流必准淌蓝天。
人生短暂不得误，莫负青春永向前。

2019 年 5 月

太白六月迎飞雪

太白六月迎飞雪，秦岭入冬不谓奇。
麦浪起伏金碧灿，割机高唱吐黄粞。
夏冬景色同时现，泾渭分明世界一。
乘兴赏玩飞鸟瞰，地黄山绿帽白稀。

2020 年 6 月

七夕遐想

弯弯的小船
你在七夕的银河里游玩
是想搭载牛郎织女会面
还是想见证一年一次的陪伴

牛郎啊你快快赶着牛儿来到银河边
织女啊你快快放下手里的纺线
不要错过了这趟渡船
王母娘娘今晚没有阻拦你们可以逾越天堑

牛郎啊你耕种了一年
有没有把地耕完
种下的相思愿
是不是已结出了红豆果的笑颜

织女啊你纺了一年的线
有没有把丝线缠绕整齐理出头绪和尾端
密密缝下的衣衫
是不是绣上了分别后的思念

牛郎啊你还是面朝黄土背朝天
赶着牛儿扶着犁不知天庭无边沿
就这样一辈子跟着牛屁股到永远
王母娘娘的金簪就这样法力无边

织女啊你还是这样纺啊纺啊不知疲倦
脚踏纺车手捻细线织着心里的苦酸
就这样一辈子围绕纺车转
手中的丝线就不能织成银河上的桥帆

牛郎啊牛郎
你不能再这样埋头干
抬抬头通过天眼
天天能看到织女的容颜

织女啊织女
你不能再这样天天以泪洗面
扯出你手中的丝线
利用北斗系统也能和他连上线

牛郎啊牛郎
快扬起你手中的鞭
搭载宇宙飞船
送去割舍不掉的梦萦魂牵

织女啊织女
快踏动你手中纺车飞速旋转
乘上威力超强的长征火箭
送去无尽的绵绵思念

2020 年 9 月

小雪降雪

雪降神州冬景色，名归实至地银光。
苍茫宇宙朦胧雾，锦绣河山素雅装。
地冻天寒棉被盖，麦苗酣睡梦菽黄。
出行受阻别埋怨，瑞雪丰年厚地墒。

2020 年 11 月

庚子大寒腊八杂感

大寒腊供巧相遇，华夏晴和喜气扬。
杂豆稠粥融汇紧，入喉暖胃沁心香。

2021 年 1 月

立春感言

六九腊残寒气退，梅香日暖孟春茸。
迎春绽放黄金蕊，桃蕾含苞孕肚红。
柳摆腰肢裙换色，纸鸢抛束惹燕空。
辛牛抵角田犁闹，华夏乾坤盛世雄。

2021 年 2 月

春分感言

春催桃李山川醉，阡陌红白逗草玩。
昼夜均分温差大，阳光明媚九州欢。

2021 年 3 月

秦　　岭

秦岭路急弯，盘旋入九天。
清姜河水绕，林茂绿巉岩。
栈道连云雾，秦川往返难。
宝成机电化，跨越似弓弦。

2021 年 5 月

立夏感言

寒退不觉春已去，薄棉卸却夏天装。
绿肥红瘦苍山翠，草长莺飞地垄忙。
红日助禾生长快，雨滋叶茂固根长。
喜迎华诞莺歌舞，百岁红船领远航。

2021 年 5 月

早　　春

虫惊雷动春将醒，寒尽冰消梅渐残。
草长莺歌桃自恋，蜂蝶炫舞醉花园。

2022 年 3 月

幽　　居

柴门半掩春悄入，竹牖敞开景静收。
犬吠鸡鸣鹅漫步，炊烟袅袅谷更幽。

2022 年 3 月

春　　景

雪化冰消梅渐退，河溪水涨浪将来。
不知杏李缘何艳？燕剪徐风绿入怀。

2022 年 3 月

暮春雨霁

燕舞莺歌蝶妩媚，人间美景胜瑶堂。
纷纷花雨说春短，袅袅炊烟伴雾长。

2022 年 4 月

小　　满

夜雨岭青溪水满，地酥叶绿果蔬欢。
莫言花谢春将嫁，远眺云开日欲燃。

2022 年 5 月

生活悟语

寿辰题赠

玉兔过隙一瞬间，人生陡然五旬完。
成功与否后人定，康健身心享万年。

2013 年 4 月

我是一个小小清洁工

我自豪
我是一个小小清洁工
纵横交错的大街小巷
光秃的老笤帚扫灭了路灯一行行
唰唰唰的清洁曲演唱
惊跑了满天的星斗迎来了黎明的曙光
唤醒了睡眼惺忪的学子一路轻狂
吵醒了留恋热被窝的上班族匆匆忙忙

我骄傲
我是一个小小清洁工
干净的道路迎送人们奔向美好人生的前方
不经意丢弃的杂物
又让我回到了自己的战场
闪烁的霓虹灯为我拉开了美丽的背景墙
月亮星星伴我挥舞着笤帚歌唱
车流声和着唰唰声将人们送入甜蜜梦乡

我欣慰
我是一个小小清洁工
手中的笤帚给城市穿上了美丽的衣裳
我弯腰驼背身材矮小
却扮靓了城市美化了环境使人身心舒畅
我虽微不足道
却清除了垃圾让人们前进道路上没有阻挡
我收入微薄
却能养家糊口为社会发挥更大用场

我高兴
我是一个小小清洁工
无论哪个地方
都有我们的身影发出光芒
我们这群不起眼的黄马甲
塑造了中国城市的靓丽形象

我思忖
我是一个小小清洁工
我也有普通人的情感和念想
看见晨练的老人就想起爹妈佝偻的病身子又把犁铧扛
飘过的长裙让我想起长满皱纹和老茧的她在村头踮脚眺望

我希望

有一天能指挥机器人工作老笤帚都入了仓

劳作时行人向我投来赞许的目光

夏日里会有遮挡酷暑的一片阴凉

冬日里也会有一处温暖把风寒抵挡

假日里也能陪老人遛弯和孩子逛逛商场

我梦想

有一天也能出国旅游消遣赶个时尚

看看国外的清洁工是不是和我们一个样

学习学习他们的经验

使我们的环境一尘不染永远清清爽爽

我抬头望

昏黄的路灯下

身影在后道路在前方

我憧憬着向往着冲破迷茫

东方又升起一轮朝阳

我舞动着笤帚在大地上书写着我的希望

2013 年 6 月

2013 年西安平安夜

平安夜聚狂欢庆，驯鹿驾橇悟空临。
厚礼盈城飘纸雪，文明弃地雾霾霪。

2013 年 12 月

题 QQ 名

寒冰志弥坚
江水酝浪翻
雪融野烂漫
人灿花中欢

寒冰弥坚时逢春
江水欢腾浪翻天
雪融野阔碧天里
人灿花中蜂蝶喧

一年一岁四季全
叶残秋尽盼雪瑞
知书达理才思敏
秋浓写意彰智慧

2013 年 12 月

年　味

中国的年味
是古老的约定化成的浓浓企盼
是亘古不变的亲情浓缩的繁衍
是历尽沧桑的情愫与时俱进的演变
是历史长河物竞天择演绎变迁的遴选

中国的年味
是在外打工结算工钱时散发出的血汗味道
是游子回家汇入春运大潮奔波的味道
是儿女归心似箭向往父母唠叨的味道
是留守老幼望眼欲穿的味道

中国的年味
是孩童穿新衣过大年吃糖果的甜甜味道
是压岁钱夹杂的鞭炮味道
是妇女们巧手剪出的窗花和蜡梅媲美的味道
是勤劳的主妇操持家务飘出的佳肴的味道

中国的年味
是时尚亮丽的服饰冷淡了新毡帽的味道
是孝敬爸妈的补品陶醉了浓烈的烧酒味道
是热闹的春晚融合了炕门口烟熏火燎守岁的味道
是一家人吃汤圆包肉饺拉家常冲淡了敬神祭祀的味道

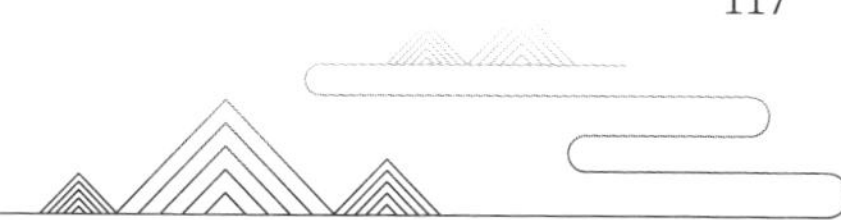

中国的年味
是红灯笼中国结福贴春联飘着墨香的味道
是畅游知识海洋休闲充电吮吸书香的味道
是赶人海逛庙会许愿祈福烟雾缭绕的香火味道
是锣鼓喧天社火满街欢天喜地恭贺春天的味道

中国的年味
是浓浓的家的味道
是中国人大融合大团圆的亲情味道
是中华民族求本溯源认祖归亲寻根的味道
是全球炎黄子孙难以割舍的血浓于水的味道

2014 年 1 月

（获 2015 年凤县图书馆、凤县文化馆“我眼中的春节”征文成人组一等奖。）

父　亲

父亲，家里的顶梁柱
用男子汉的身躯撑起家的屋脊
用佝偻的腰背为一家老小筑起围墙
宽厚的肩膀担当的责任
让那一声爸爸饱含着深情的敬意

父亲，是一头不知疲倦的黄牛
弓起脊背拉着犁铧
耕耘着生活的土地
在广袤的原野上
挥洒着一家人的希冀

父亲，是避风的港湾
大浪翻滚时给予家人庇护和安全
父亲，是一艘远航的大船
载着家人驶向生活的彼岸

父亲，是一颗启明星
黑夜摸索时给我们指清黎明的方向
父亲，是十字路口的指示灯
人生徘徊时提醒我们认准绿灯再前行

父亲，是一架雄厚的山岭
埋藏着无数宝藏
父亲，是一本人生的教科书
爬满额头的沟壑有阅不完的经典

父亲，也是社会的柱梁
肩头担当的道义
支撑起美好的天穹

2014 年 5 月

年　　轮

树木的年轮是岁月在躯干中沉淀的圆圈
动物的年轮是物竞天择的世代繁衍
男人的年轮是生活的犁铧在额头耕出的沟坎
女人的年轮是儿女的画笔在眼角绘出的纹线
青年的年轮是从家到学校再跨出校门走出的积淀
岁月的年轮是地球绕着太阳转出的无数圆满
人类的年轮是猿猴进化成现代人的历史变迁
社会的年轮是从母系氏族到理想王国的必然
宇宙的年轮是日月星辰献出的无限光环

2015 年 4 月

大海，我来了

我是一个北方人
曾经梦想
在大海畅游
在大海觅食
在大海结缘
在大海生活成长

终于，今天我来了
见到了梦寐以求的大海
广袤无垠湛蓝同天一样
咸腥的椰风吹开了禁锢在北方汉子身上的衣裳
露出了粗犷结实和黄土一样的胸膛

浅黄的沙滩
仿佛回到了黄土高原的地垄上
绵软湿润的海沙
舒服得忘记了渭河硌脚的石头凉
海水掀起白色浪花
冲掉了黄土高坡留下的雾霾相
眼前没了秦岭高耸入云峰峦叠嶂
天空海水相连落日显得更俊更靓

海浪激起了无限遐想
旱鸭子为什么不敢游向海的中央
为什么不敢潜入海底探寻宝藏
只会浮在浅海水面洗洗黄土面妆
望也望不到海的那边还有一个世界不一样

2015 年 10 月

题朋友海螺沟贡嘎山之旅

冰雪白云衬湛蓝，青松野鸟引猴观。
风光优美招人访，赏景旅游心坦然。

2015 年 11 月

过猴年

乙未银羊辞旧岁，丙申金猴送春来。
炮屑红滓铺满地，门户对联迎新载。
除夕团圆看春晚，共话家常乐姿态。
香气四溢沁心脾，猜拳喝令聊四海。
风和日丽新元始，三阳开泰旧象衰。
络绎不绝赶庙会，上香祈福好运来。
熙熙攘攘踏青去，放飞心情抒豪迈。
华夏神州同庆贺，黎民百姓乐开怀。

2016 年 2 月

凤县作协成立感言

羌乡凤地有李白，卧虎藏龙险掩埋。
游勇散兵孤影赏，单枪匹马自抒怀。
作协凝聚招贤士，展示才华搭舞台。
凤县文坛新气象，百花绽放满园开。

2016 年 4 月

清　明

清明
农夫不忘种瓜点豆怕误了一年的农事没有食粮
蚕妇摘桑侍弄蚕宝剥茧抽丝是怕没有温暖的衣裳
科技再发达清明节气会提醒不能忘了稼穑

清明
荒郊野岭的坟茔挂满无数的白纸带述说着后人的孝敬天良
生前没有享受到的轿车大厦炫耀着对祖先的最大补偿
漫山的桃杏梨白难道不能代替绵绵的思念和深深的向往

清明
焚纸留下的浓烟熏得人倍感无奈和迷惘
磕磕头上上香培培土除除草说说话这就是孝敬的心肠
祭祖省亲不是为了炫富攀比讲排场

清明
海外侨胞漂洋过海寻根问祖桥山一片松柏苍
黄帝手植古柏七搂八拃半是最好的榜样
中华儿女心中有根不忘本永远无法阻挡

2016 年 4 月

义民赋闲居

义民狂放住闲居，达人欣喜屡聚集。
品茗饮酒乐陶醉，歌赋填词觅古迹。
挥毫泼墨书今事，著书养性谈哲理。
沙龙文化聚贤智，畅叙友情不绊羁。

2016 年 6 月

贺凤县文联成立

群英荟萃聚满堂，成立文联喜气扬。
盛事羌乡逢喜事，竹城文艺遇春光。
舞文弄墨独排阵，戏水群龙各自狂。
统领联合威力大，宣传服务勇担当。

2016 年 7 月

传统文化讲座感言

中华历史源流长，传统文明精髓强。
孔孟老庄鼻祖远，黎民教化纲常扬。
治国理政标杆立，教化黎民通贾商。
咏诵典籍传根脉，孔丘学院渡海洋。

2016 年 7 月

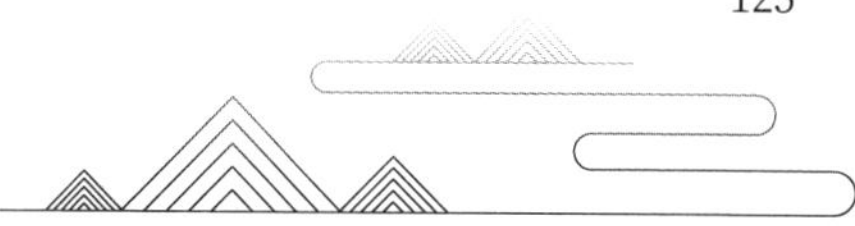

月宫今夜不寂凉

千年万年的月宫今夜不再空旷
吴刚捧出了桂花佳酿
嫦娥舒袖拂去了月宫的寒凉
玉兔高兴地在桂花树下狂奔欢唱
趁着最亮最亮的月光
好好瞧瞧人间的新模样

葡萄架下
月饼水果散发着团聚的甜香
没牙的老奶奶讲述着天宫没牙的老故事
重孙也想登上月亮在桂花树下和兔子捉迷藏
儿子珍藏的老酒香过月宫中的丹桂
孙子对刚刚发射成功的天宫二号十分向往

啊
月宫今夜不寂凉
终于迎来了人间从没有见过的新时尚
可以捎回千万年满满的思念惆怅
人们趁着最亮最亮的月光
又一次跨越了飞天梦想

2016 年 9 月

重阳节的思念

今天没有阳光灿烂
没有登高茱萸头上插遍
没有菊花美酒把高兴添
冷风细雨一只孤飞雁
凭栏北望何时还
眼前父母双鬓斑

上网刷屏把新闻览
处处都是尊老爱老光辉典范
怎能不勾起思绪绵绵
儿时双亲的呵护总在脑海浮现
重阳节你们的身旁少了儿女陪伴
叫人怎能不惦念

老爸的脊背是不是像弓样弯
儿孙还始终挂在你的心坎坎
额头的犁沟又种上了新的期盼
老娘的围裙是不是磨亮了锅锅铲铲
炊烟是不是又熏得老眼昏花迷了眼
佳肴的香味陪你在村头望眼欲穿

秋雨淅淅沥沥让人心酸
恨不能飞到你们身边
只有电话问候报平安

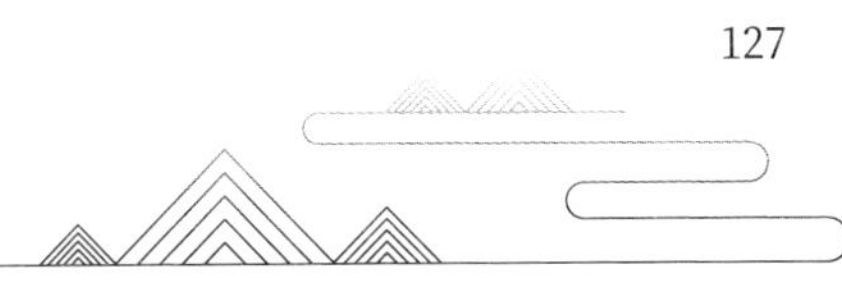

心里感伤泪雨涟涟
愿二老福如东海身体康健
九九重阳节快乐幸福满满

2016 年 10 月

病榻杂记

粗心大意骨筋伤，病榻窗纱望艳阳。
久卧憩息心禁锢，神情恍惚意迷茫。
幸亏饮食多种类，精调身心愁蹙张。
容若仓央颐品性，于丹词韵度时光。

2017 年 3 月

写给矿井提升工马萍

你本该是都市一抹亮丽的风景
却隐藏在了大山矿井坑道的操作房
你本该是衣着华丽的公主
却身着朴素的工作服紧盯机器
你本该是守护在儿女身旁的好亲娘
却成了矿山为数不多的井下提升工长

你稳坐提升机操作平台不迷茫
稳稳当当操作机器几十载不怨秋冬凉
稳稳地提升了矿山的生产质量
稳稳地提升了矿井的安全保障
稳稳地提升了矿工的生命时长
也稳稳地提升了你的价值不同寻常

2017 年 6 月

老师一字礼赞

——第 33 个教师节感怀

一书一案一粉笔
这就是老师的锐利武器得到升华
一桌一台一黑板
这就是老师耕耘的田地尽情挥洒

一段一课一章节
这就是老师讲授的知识无穷大
一问一答一总结
这就是老师指点迷津的方法

一拍一点一抚摸
这就是老师的关爱无瑕
一皱一瞪一微笑
这就是老师的无声回答

一抑一扬一顿挫
这就是老师陶醉忘我讲得出神入化
一招一式一点拨
这就是老师言传身教的密码

一开一合一嘴巴
这就是老师教导学生把话说得最佳
一镜一鞭一瘦身
这就是老师常见形象的速写画法

一念一讲一故事
这就是老师讲理的惯用办法
一唱一哼一笑话
这就是老师调节气氛的技法

一钩一叉一批语
这就是老师责任田里开出的希望花
一灯一影一星空
这就是老师伏案书写人生最美的图画

一生一路一教室
这就是老师当孩子王的舞台规划
一起一伏一跃身
这就是老师驰骋赛场的美丽图画

一日一周一月月
这就是老师普普通通的岁月年华
一春一夏一鬓霜
这就是老师青春无悔的牵挂

一雏一鸭一天鹅
这就是老师最美心愿的童话
一生一世一辈子
这就是老师默默无闻的生涯

2017 年 9 月

（发表于《嘉禾》2017 年第 2 期）

瓦房坝产业扶贫见闻

栈道连云瓦房涧，昔日商贾狼烟欢。
羌人南迁入蜀川，乡音习惯未改变。
巍巍紫柏钻云端，悠悠长坪河水甜。
山大沟深仙气散，地广人稀冷落寒。
发展滞后贫困缠，脱贫致富村委干。
环保扶贫产业链，入户扶智抓关键。
种植养殖齐发展，鸡鸭牛羊寻常见。
果狸林麝猪满圈，药材开花中蜂源。
猪苓天麻地里钻，苗圃长出希望钱。
修建光伏发电站，成本虽高小风险。
支部企业领头雁，农户入股做典范。
精准扶贫创经验，攻坚致富穷帽远。

2017 年 11 月

悼王洪涛同学

天不假年洪涛殇，既寿永昌世人想。
昔日同窗胡轻狂，闭目犹在脑屏放。
人生无常不由娘，黄泉路上无商量。
吾辈任重肩上扛，唯有健康幸福长。

2017 年 12 月

树的命运

本是同根生，时运不同拍。
先机挺拔秀，早做栋梁材。
历经千百岁，化为腐朽骸。
弯曲丑陋颜，寂寞荒野待。
移植花坛栽，景观人惊呆。
沟壑沧桑容，厚重史不衰。

枯身发新芽，积蕴抒情怀。
不谈绿枝翠，总忆渊源来。
丑美人间留，秀木悲泣哀。
何为如此运，身价不同台。
命运虽迥异，各自尽其才。
价值不留憾，公道自然裁。

2018 年 1 月

五月的节日

五月的节日在哪里
我来告诉你
农民伯伯说
我们的节日在田间地头耕耘的忙碌里
清洁工说
我们的节日在清清爽爽的环境里
工人师傅说
我们的节日在轰鸣的机器奏出的音符里
武警官兵说
我们的节日在烟熏火燎泥石滚滚的抢险救灾里
边防战士说
我们的节日在祖国前沿哨所威严站立的注目里
海军说
我们的节日在辽阔蔚蓝海域的巡航里
飞行员说
我们的节日在浩瀚苍穹的展翅翱翔里
司机师傅说
我们的节日在南来北往乘客的旅途里
交警说
我们的节日在繁忙拥堵道路的疏通里
医生说
我们的节日在解除急诊室病人痛苦的争分夺秒里
科学家说
我们的节日在实验室装满数据和未来的瓶瓶罐罐里

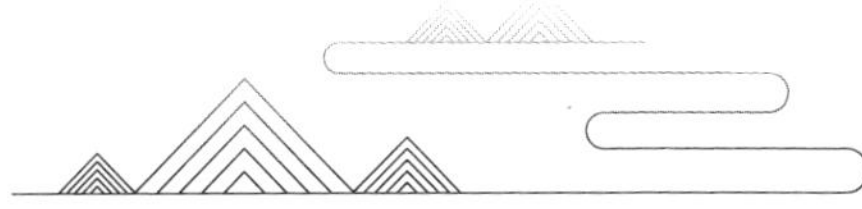

售货员说
我们的节日在顾客兴高采烈购物的笑容里
厨师说
我们的节日在团聚饭桌上香喷喷的菜肴里
记者说
我们的节日在一线采访的新闻报道里
编导说
我们的节日在欢欢乐乐电视节目背后的演播室里
导游说
我们的节日在游客熙熙攘攘的旅游景点里
大家说
我们的节日在各行各业各条战线劳动者的心窝里

2018 年 5 月

改革开放是什么

改革开放是什么
时光告诉我
是小岗村包产到户契约上的红手印摁下的划时代希望
是十一届三中全会开启的道路宽敞明亮
是真理标准大讨论后拨云见到的阳光
是农村包围城市摸着石头过河探索的船桨
是计划经济向市场经济变革的博弈较量
是打开国门在浩渺海洋上的眺望
是西方涌进的思潮与东方历史的碰撞
是中国从边沿走向世界舞台的中央
是引领世界潮流的风向标格外有分量
是睡狮醒后镇守疆场的威武形象
是富起来强起来的喜悦挂在脸庞
是四十年成长容光焕发实现中国梦的荣光

2018 年 7 月

七七感怀

七七祭日想今昔，久久难平义愤积。
卢水石狮昂首吼，倭狼嚣横铁蹄疾。
生灵涂炭绝人性，暴迹难书世上奇。
国耻家仇不忘却，中华崛起御强敌。

2018 年 7 月

港珠澳大桥通车赞

巨龙腾跃珠港澳，碧波云水堑渊通。
架桥建岛穿深海，工匠天宫昊宇惊。
浩渺伶仃失寂静，车船飞啸赛银鹰。
人间奇迹中国创，旷古工程世称雄。

2018 年 10 月

有一种爱

有一种爱叫默默关注
关注你的一言一行
关注你的一颦一笑
关注你的来去行踪
关注你的喜怒哀乐

有一种爱叫默默惦记
惦记你的冷暖
惦记你的饥饱
惦记你是郁闷还是高兴
惦记你是忙碌还是悠闲

有一种爱叫思念
这种爱深深珍藏在心底
又常常在脑海里出现
彼此一个眼神就能心领神会
当面却从不说出来

有一种爱叫牵挂
牵挂你烈日下是否抹了防晒霜别把皮肤晒伤
牵挂你下雨天是否打伞别淋湿了衣裳
牵挂你寒冷是否加衣别感冒嗓子发痒
牵挂你不舒服怕看医生别小病拖成了大恙

有一种爱叫担心
担心你过马路时忘了看红绿灯让汽车吓得不知去向
担心你路滑时忘了带上拐杖不敢向前方
担心你出门时忘了带钥匙又没法回家呆坐楼旁
担心你剩菜剩饭舍不得倒掉吃坏肚子又把医院上

有一种爱叫孤独
得到的快乐没办法和你分享
心里的话儿不能给你倾诉衷肠
累了困了没有你可依靠的肩膀
走不动了没有你双手搀扶总是跌跌撞撞

有一种爱叫责怪
责怪你总是关心他人冷暖而忘记自己
责怪你好吃好喝总是要先留给儿孙
责怪你总是因为家人出门而牵肠挂肚
责怪你大事小事总是反复絮叨一辈子操心

有一种爱叫折磨
明明想见却又怕见了不知何处话念想
茶不思饭不想辗转反侧难进入梦乡
猜想会偶然相遇在老地方
治愈心头的顽疾不再胡思乱想

有一种爱叫不离不弃
人生低谷总能鼓励加油挺起胸膛
贫穷疾病不嫌弃总能守护陪伴在身旁
即便是久卧病榻也不忘初恋心肠
深情的耳语也能创造出爱的奇迹梦想

2018 年 10 月

煤　　炭

深藏地壳黑身相，掘采艰辛厌恶脏。
送进炉膛红火烈，粉身碎骨遗银霜。
佞臣巧语花翎艳，贪腐脂膏中饱囊。
硕鼠乌金心两色，身名迥异万年扬。

2018 年 11 月

九月九，想起了爸妈的话

九月九登高远眺
想起了爸爸妈妈的话

小时候常听妈妈说
小乖乖好好吃
妈妈不爱吃爸爸吃饱了
没人跟你抢慢慢吃别噎着
爸爸说
小乖乖慢慢走
没人赶你别磕着碰着
小乖乖听话
穿暖和别冻着别感冒了

上学了常听妈妈说
好好念书长大了才有出息
有出息了才能娶上漂亮媳妇
爸爸说
要好好写作业这是你的本分
书念成了你才有好日子

住校了常听妈妈说
好好和同学相处不要吵
晚上被子要盖好小心别掉下床

爸爸说
肚子要吃饱
有什么委屈
一定要给老师和家里讲

到外地求学了
常听妈妈说
出门了不像在家里头的情况
自己照顾好自己别管爹妈累成啥样
爸爸说
钱不够花了给我说
家里的事不用你牵挂费心肠

走上社会了
常听妈妈说
社会上的事不好做
肚子混不饱了就往家里跑
妈妈做的饭菜管够吃饱
爸爸说
社会上的路没有校园的直
人事复杂艰难困苦路难走得多
扛不住了就回家爸爸替你分忧愁

成家了
常听妈妈说
长大了结婚了
就知道当父母的心思了
抱上孙子就圆了我们的心愿了
爸爸说
娶媳妇了有责任有担当就有男儿样了
只要你们小日子过得好比给我们买啥都要好

望远方
天苍苍层林尽染红绿黄
树欲静而风不止
爸爸妈妈的话语在耳旁
养育恩不敢忘
子欲养而亲不待
只有空悲伤

2018 年 10 月

秦岭的呼唤

——观《一抓到底正风纪》专题片有感

妈妈
我为是你雄鸡版图的心脏而骄傲自豪
曾经
我变得千疮百孔
疯狂的采掘
蕴藏宝藏的身躯变成了空巢
泾渭分明的血液
变得纤细混浊恶臭使人受煎熬
曾经
我美丽的肌肤
悄然长满了难以铲除的狗皮膏药
曾经
火炉般的古城热得让人难熬
蓝天白云被雾霾笼罩
人们盼望着清风吹拂拨云见日照
盼呀盼
终于把我身上的沉疴顽疾去掉
绿水青山就是金山银山
妈妈
我终于恢复了原貌

2019 年 1 月

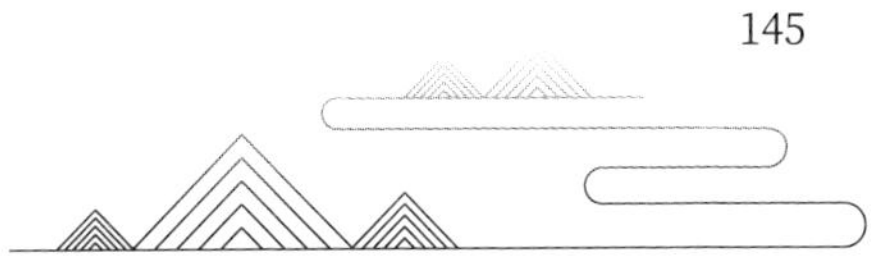

元旦随感

日月轮回增寿岁，韶华不负抢朝时。
古稀华诞春颜面，昂首雄狮舞华姿。

2019 年 1 月

贺陈更《中国诗词大会第四季》夺冠

四季冲关毅力坚，三秦陈更站尖端。
飞花雅令如反掌，过关斩将必当然。

2019 年 2 月

悼褚时健

战火纷飞淬炼魂，吏商沉起富儒绅。
沉舟引技红山振，绝妙时机造峻崟。
功过智昏囚圐圙，廉颇逆袭商海钦。
褚橙励志追时日，再创辉煌响宇坤。

2019 年 3 月

灭火英雄祭

春日的旭阳
照耀得中国大地到处暖洋洋
熊熊的烈火炙烤得大凉山不再冰凉
顽强的拼搏
一个个难忘的脊梁令人难忘

爆燃的火海
烧黑了土地
烧光了树丛
烧掉了绿色
吞噬了三十条生命使人悲伤

烈士的鲜血连同冲天的火光
染红了穹苍
灼痛了人们的心脏
英雄的壮举
诠释了为了人民舍我谁能抵挡

英雄们
你们一路走好
你们的光辉形象
将永远镌刻在共和国的历史丰碑上
你们的名字人民会永远铭记不忘

2019 年 4 月

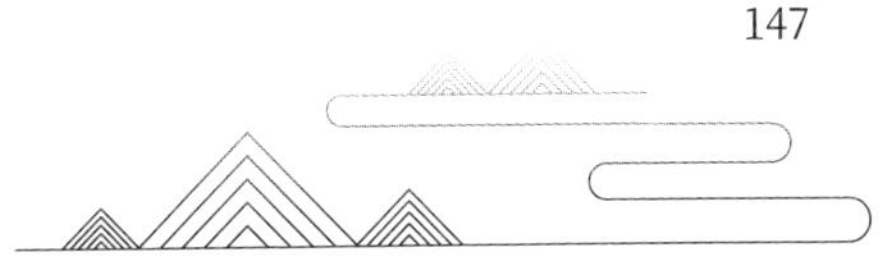

文艺培训杂感

文联组队来吾地，体验生活素材添。
培训订单传秘宝，讲书弹唱尽欢颜。
基层服务多积累，艺海秦军定起澜。
文脉根魂添动力，凤凰展翅破云烟。

2019 年 7 月

英雄张富清

戎马生涯功绩著，和平年代匿英名。
初心不改守宗旨，使命担当恤众情。
隐藏功勋黎庶相，淡泊名利磬钟铭。
贪官污吏形惭愧，行状清廉属富清。

2019 年 9 月

题外孙诞生

己亥祥云霜降到，辛未日央佩奇来。
暮秋叶坠微寒始，新季轮回纪岁开。
澜外初来满堂喜，嗷嗷待哺憨态乖。
承前启后担斯任，期冀未来成俊才。

2019 年 10 月

七秩阅兵

万众欢心迎华诞，寰球凝目首都门。
雄鹰展翅喷虹练，阔步铿锵震宇坤。
滚滚铁流威力猛，飘飘旌舞扫污尘。
醒狮昂首吞魑魅，华夏腾飞耀世人。

七秩国兵盛况前，神州滚沸尽欢颜。
银燕炫目苍穹舞，方阵雄风气冲天。
重器现身惊眼目，前沿科技满兵团。
军魂雄伟抒豪迈，威武中华立浪尖。

2019 年 10 月

红船啊红船

盘古开天地兮
上下五千年
泱泱大国兮
帝王将相换
华夏何处去

茫茫浩淼混沌兮
烟波红船启
为劳苦大众谋福兮
镰刀锤头铸辉煌
小船红色添红旗

井冈星火兮
烈焰燎原红大地
打土豪分田地农民有饭衣
十四年奋战日寇盔甲弃
红船引领兮
推翻反动王朝人民从此站立

一穷二白自然灾害风云变幻兮
狂风暴雨急流险滩船难行
红船出海舵手力挽狂澜引航兮
四十年披荆斩棘再扬帆起
华夏复兴兮
红船前行不停息

新时代兮红船开启新征程驶向新天地
乘风破浪屹立潮头兮
桅杆挺直引领命运共同体
百年航行不停兮
不忘来时为了谁

红船啊红船
伟大的中国共产党诞生的摇篮
你和人民心相连
承载理想信念兮不惧雷电
永葆红色兮
再写历史新篇

2021 年 3 月

（发表于《凤县文艺界》2021 年第 2 期）

悼袁吴院士

朝闻南北山川震，午报袁吴驾鹤西。
水稻杂交量骇世，为民果腹稻田急。
佑惜肝胆创新术，去病无疾世卫奇。
地动山摇睁眼去，英名留世永不息。

2021 年 5 月

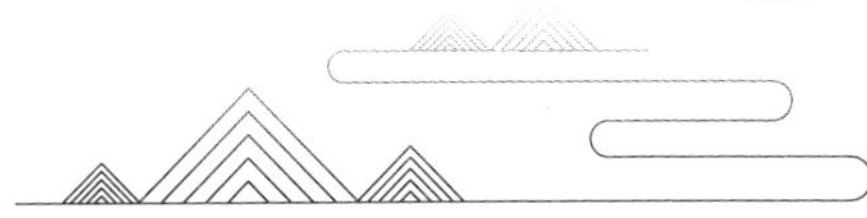

儿童节感言

阳光灿烂六一到，花朵盛开炫舞欢。
惋忆稚童弹指过，杖乡霜鬓陡然添。

2022 年 6 月

党的二十大即将召开感言

罗布泊，大沙漠，风餐露宿奇迹创。
蘑菇云，寰宇惊，世人羡慕嫉妒慌。
睡狮醒，头颅昂，扬眉吐气不一样。
地之大，物之博，穷白图纸绘新篇。
站起来，富起来，神州全球矗中央。
长安街，天安门，十载砥砺续华章。
五八载，同一天，国歌响起震穹苍。
二十大，全球望，红船扬帆创辉煌。
共同体，同命运，华夏兴盛全球昌。

2022 年 9 月

词海浅试

钗头凤·收获

芒节到，郭公叫，麦田翻滚黄金耀。
秋播好，春长俏，穗壮头掉，谷仓丰茂。
饱，饱，饱。

晨来校，晚眠觉，阅书无路天涯找。
悬梁吊，试场考，成竹心静，状元花帽。
俏，俏，俏。

2021 年 6 月

沁园春·端午

文苑追源，《诗经》齐唱，《离骚》新章。
楚国衰落状，屈原变法，统一美政，国富兵强。
楚王昏庸，谗言排挤，两度流放投汨殇。
留遗恨，但才情革法，万世流长。

九州狮醒头昂。又端午龙舟舞水狂。
米粽飘香远，门插艾草，祭贤魂魄，美誉弘扬。
盛世民欢，百年华诞，华夏革新寰宇强。
新时代，看全球景象，唯我辉煌。

2021 年 6 月

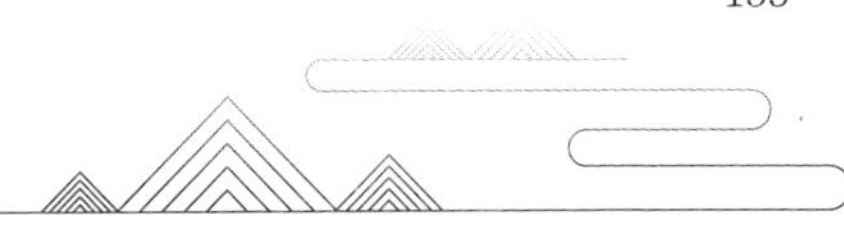

贺新郎·贺党百年华诞

五四开新纪。小红船、引领航标，使宣言立。
华夏乾坤阳光霁。创伟业头颅弃。
砥砺进、英雄浩气。
血战杀敌驱寇役。旧中国、解放人民喜。
吾百姓，寰球立。

中华道路多磨砺。换思维、国门大敞，世人惊异。
冲破藩篱抓经济。国富扬眉吐气。
百华诞、豪情激起。
使命初心需铭记。再开航、破浪扬帆济。
新起点，永赓续。

2021 年 7 月

武陵春 · 文坛盛会感

五四文坛分水岭，开华夏新元。
讲话文风引巨澜。双百二为幡。

百年华诞新时代，盛会领航船。
文铸魂弘业永传。彩纛胜空前。

2021 年 12 月

（以上四首发表于《凤县文艺界》2022 年第 1 期）

十六字令 · 秦岭

山。龙脉中央鸟逾难。机车响，天堑变平川。

2021 年 11 月

散文小说

难忘的五味子

远离家乡，就越发使人思念。告别童年，就愈加叫人恋念。山里长大的孩子，对山里的野果特别喜爱。雪白的草莓，殷红的刺莓，血红的樱桃，金黄的杏子，还有山核桃、八月瓜、羊奶子等，都能勾起我对童年生活的回忆。然而，家乡沟沟洼洼里的五味子，却与我结下了特殊的感情，使我至今难以忘怀。

儿时的清苦生活，就像一串串没有成熟的五味子一样，包蕴着人世间的酸、甜、苦、辣、咸。我生下来后，母亲缺奶，就是靠大食堂里的面糊糊和五味子熬水把我喂大的。刚懂事后，五味子又成了我充饥的食粮，也成了人们饭时议论的话题：桃花家打得多，虎儿他爹在杨家沟打的，苟家湾五味子最多，等等。这时节串门，招待你的也总是五味子。如果谁家没有人上山打五味子，邻居们总是很大方地给端上几木瓢五味子。然而，以后更多的时间里，看到的是父母们整天忙忙碌碌地干活挣工分，当我闹着要吃五味子时，父亲总是说："哪个牙想吃？"过后，我不再期望父亲能给我打五味子吃了。

上学后，看到几个吃商品粮的孩子书包中的铅笔盒、卷笔刀、散发出水果糖香味的方块橡皮和买的生字本、算术本，再看看母亲用小布块拼凑起来的五颜六色的书包、秃头铅笔和用黄色包装纸订成的本子，我真是羡慕他们。回到家里我也嚷嚷着让父亲给我买，父亲板着脸吼道："要那玩意儿干啥？没它就不识字？"我不敢奢望了。

一次，我向父亲要钱买本子，父亲叫道："这么快？翻

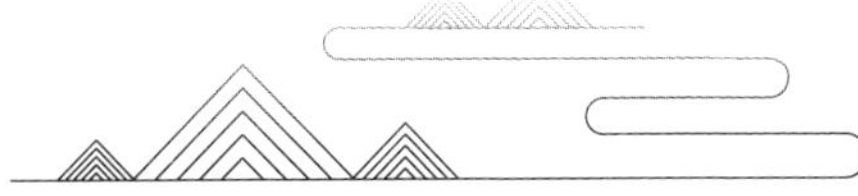

个面写！”

“也写完了。”我低声说。“拿来我看。”我怯怯地拿来本子，父亲哗啦哗啦地翻着本子说：“这么宽的行？不嫌糟蹋？拿去！空行里写！”从父亲的脸上，我读出了父亲对我上学的态度：只不过是让我在学校里混混年龄罢了。使用这样的本子，我常遭到一些同学的嘲笑和老师的批评。从这里，我尝到了生活的滋味，就像嚼碎了五味子仁一样的苦涩。

仲夏，队里的活更忙了，母亲却病倒在炕上。

看着病恹恹的母亲，我捏着书包里实在无法再用的本子，最终把手抽了出来。望着冰冷的锅台和空空的灶膛，这天我没有去上学。

我腰里别上弯刀，手里拿上一块发糕，上山去打柴。砍够了一捆柴，我坐下来休息，远处树林里传来几声斑鸠的叫声。吆喝一声，洪亮的叫声和着鸟鸣，在静寂的山谷中，幽幽地、长长地回荡，给我增加了胆量。我走向密林中去寻找捆柴的葛藤，却意外地发现了一架没有成熟的五味子。顺手砍下两根五味子藤，抖掉了许多串五味子，拾起一串，捋几粒丢进嘴里一嚼，真不错，酸涩中微透一点甜味，使人满口生津。我忽然想起母亲说过：绿五味子用开水浸烫后晒干，卖给药铺，可以治许多病。于是，我便爬上五味子架，使劲地摇，不停地用树枝抽打。从架上摔下来，划破了脸皮，渗出了一滴滴的血珠，提起袖子一抹，留下一道淡红的痕。拔掉手上的刺，吮吸一口吐掉，手在衣襟上一擦，看见撕破的衣服也全然不顾。望望地面上铺起一层厚厚的就像籽粒饱满的绿色的麦穗一样诱人的五味子串，我满足地笑了。我用衣服满满地包上一大包藏在柴火里背回了家。

回家后，母亲吃惊而又惶恐地告诉我：把浸烫过的五味子放到后檐的墙台上晒干，悄悄地拿去卖了。过了一天，我将晒干的五味子用书包装上，鼓鼓囊囊的，趁上学的机会，卖给了药铺。我用自己劳动换来的钱为母亲抓了一服中药，又买了两个新本子和一支带橡皮的铅笔，还用剩余的钱买了两盒火柴，一斤盐和半斤煤油。

回到家里我熬好药，端着满盈盈的一碗汤药，慢慢地向躺在炕上的母亲走去，边走边把药往凉里吹。尝一口那用五味子和其他中药熬成的汤药，滋味真是比五味子的味道不知道要复杂多少。我还没有走到母亲的炕边，父亲就出现在我身后，粗黑的脸显得更加阴沉，责问母亲道："哪弄的钱？"母亲扫一眼我，望着父亲，用沙哑的嗓子颤巍巍地说："是……是娃儿打五味子弄来的……"父亲一听，瞪一眼母亲，树皮似的大手，重重地打在了我的脸上，大声地吼道："没王法！不知道队上的禁令？"我手中的药碗落在地上，四分五裂。父亲看着地上的碎碗片，望一眼泪盈盈的我，手在胯上来回搓着。母亲强撑着坐起来，靠着墙，盯着父亲，无可奈何地流下两行清泪。我蹲下身子去拾地上的碎碗片，父亲走到我跟前弯下腰，从我手中拿过碎碗片出去了。我赶紧又另拿了一个碗，重新给母亲滗了半碗药，边走眼泪边往碗里滴。走到炕边，我的嘴刚接触到碗边尝药，一滴血就掉进了碗中。我看着母亲说："喝吧妈妈，喝了你的病就会好的，药里面有好多的五味子，喝了你就能吃饭了……"母亲接过药碗放在炕边，一下子把我揽入怀中，用比手掌稍滑润的手背，擦去了我嘴角的血迹。我只觉得母亲的胸膛在不停地起伏着……兴许，父亲这一巴掌就是我不能忘记五味子的原因之一吧。

以后的生活中，每当需用钱的时候，我总要以上山砍柴为名，偷偷搞一次小副业。五味子帮助我读完了中学，成了我生活中不可缺少的好朋友，伴随着我走完了人生最艰难的征程。

久居在外，我时常想念着父母亲，也想我所热爱的五味子。今年暑假，我特意买了几瓶五味子酒，回到家乡探亲，一则是孝敬老人，二则是想让家乡的人知道五味子还是个宝哩。走到村口，一群孩子的嬉笑声吸引住了我。他们有的挎着书包，里面鼓鼓囊囊的；有的背着背篓，里面红艳艳的，不就是我所喜爱的五味子吗！只见他们吃着玩着，调皮的孩子把吃过的五味子皮扔来抛去，嬉戏追逐，爽朗舒心的笑声，缕缕飘向田野。看着他们，我又记起了我苦涩的童年，然而，那毕竟是过去了！

饭桌上，我拿出了特意买的五味子酒。小侄子边吃五味子边嘿嘿地发笑，说："叔叔这么远回来，还买五味子酒？"我不解地望着侄子。父亲笑着说："你还是先尝尝咱们自己酿的五味子酒吧，说不定你那酒还是咱们自己酿的呢！"说话间父亲进里屋去取酒，母亲告诉我："咱们村今年办起了五味子酒厂，你哥还是厂长哩！"看着一大家人举起酒杯，饮下了一杯清醇红润的五味子酒，父亲有滋有味地咂咂嘴，不无自豪地说："咱这酒，喝到嘴里有一丝丝辣味；咽到肚里，一阵发烧，舌头尖有一点点苦涩味；慢慢品尝，抿一抿嘴皮，咂一咂舌头，还真有一股香甜味呢！"兴许是一杯甘醇的五味子酒的作用，我的身心为之一爽。啊！这不正是我们生活的滋味吗！有我们自己的酿酒师，还怕酸涩苦辣的五味子，酿不出甘醇的美酒吗？有我们自己的酒厂在，还怕一架一架五味子烂掉吗？有我们勇敢、智慧的山民，还怕大山深处的美和财富不被认识和发现吗？纯朴厚道的山民，定能酿出甜蜜的生活来！我默默地想着。看着侄子像成熟的五味子一样红润圆实的脸蛋，看着父母哥嫂充满幸福的脸庞，我真正地陶醉在这五味子飘香的酒气之中了。创造家乡美丽前景的山民的生活，不正像这五味子吗？苦中有甜，甜中有乐！

啊，五味子，我的五味子哟！

（收录于《宝鸡漫游》，陕西人民美术出版社 1988 年版）

连云栈道览胜

披图每叹连云险，登览方知蜀道难。

马向云端踏凤岭，人从天上渡鸡关。

在这首古诗的激荡下，我游览了连云栈道的第一佳处——凤县心红峡。

从三岔村向北沿着后河溯流而上，放眼望去，五六里外崔嵬的前洞山，积雪覆盖着山顶，天山相接。一辆辆运矿石的汽车，艰难地在山腰爬行。走到山脚，抬头仰视，巉岩古松向你扑下来，给人畏惧感。公路下的大石头上有“翠峰排秀”四字。再上行不到百米，前洞山上，一条冰带从山顶垂挂下来，形成许多冰柱子，在岩石和松柏的衬托下，煞是好看。距溪涧十几米高的岩石上有“千流飞雪、万叠堆青”的石刻。十来米深的溪涧中有三个锅形的水潭，故名“三口锅”。

穿过地势险要的似刀劈斧凿的峡口，向内走四百多米，就到了山脚。山脚有一段三米来宽、四十来米长的古栈道，灰页岩石铺就，从北魏宣武帝正始年间开成此道，至今已近一千五百年了。踏上这段历经人间沧桑的古栈道，遥想当年，这条沟通秦蜀的栈道，该是多么的热闹啊！要不然怎么会在青石上留下这么深的两个蹄窝呢？人们称其为“双马蹄”，据说是当年宋朝的杨八姐率兵过峡时留下的。

我想也可能是项羽的乌骓马奋蹄过后留下的吧，要不然怎么会有霸王山与汉王山的对峙呢？听着水击石响，耳旁仿佛响起了古时商旅的驼铃声，我想这两个蹄窝也可能是驼队留下的纪念吧。看到栈道两旁的枯草、狼牙刺，不觉有萧条之感。望着笔立的峰峦，寂静的空谷，星星点点的雪花，我不禁想起了“千山鸟飞绝，万径人踪灭”的诗句。

再逆流而上不到百米，路的左侧一块大岩石上有“云栈第一佳处”六个大字，古朴遒劲，浑厚饱满。路的右侧靠水边有半间房大的石头，名为“龙王石”。站在龙王石上眺望，下游稍宽阔一些，上游被巍峨的山峰遮挡，只见一线天。对面山峰耸立，岩石黑黄相间，松树盘曲于崖缝间，在乌黑岩石的映衬下，银白色的皮更显出光泽来。站在龙王石上，寒风袭来，撩起衣襟，望着三星两点的雪花，可以饱览大自然的秀姿，遐思万千。

转过山弯，山峰犬牙交错，上有一洞，名曰“鲁班洞”。据说当年鲁班师傅过此留宿后，化石为洞。不管说得多神乎，我想：鲁班师傅要是不过此道，人们不会凭空杜撰一个鲁班洞的。

再向前行二三百米，便有一段保护较完整的百米古栈道。此处的栈道，贴于陡峭的崖壁，有的纯粹凿于崖壁，走在其上，参差的石头悬于头顶。栈道上铺着大小不一的灰页岩石，石面光滑，凹凸不平。在栈道的基石上有岳礼所书的“心红峡”三个大字。栈道侧旁还有“大手笔”“幽丽奇处”和“长虹饮涧”等多处摩崖石刻。这些石刻精美绝伦，苍劲有力。在栈道最高处，可以看见对面的山峰笔直矗立，真有“一夫当关，万夫莫开”的气势。站在此处遥望峡谷内，溪水两岸凸出凹进的山峰相对峙，天空似一条白色的哈达。向上游望去，是开阔的骆驼坪。农户的住房依山势的高低布于西北沟岔的山脚下。收工的农民荷锄扛柴，赶着牛羊，行于羊肠道上。羊咩牛哞，犬吠鸡鸣，唤人吃饭声，混杂交织，缕缕的炊烟顶着一星半点的雪花袅

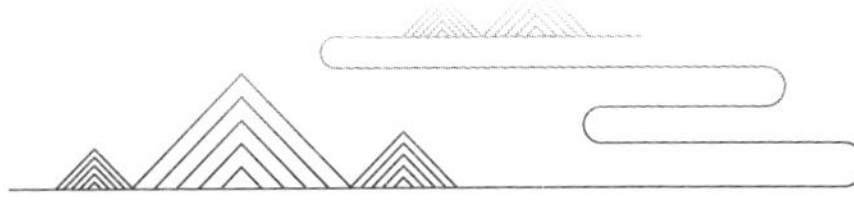

袅地升上铅灰色的天空，构成了一幅恬淡幽雅的山乡风俗画。

站在心红铺街头，极目远眺，幽谷深邃。大致呈东西向的两列山峰，如两条巨龙从天空飞下，龙尾接于天空，龙身高低起伏，龙头亲昵相交，伸于溪涧。我由此才悟出了“长虹饮涧”的意味来。向西北放眼，目之所及是白雪皑皑的凤岭，天山共一色。遗憾的是未看到凤县八景之一的“凤岭晴岚”。和村里的老辈们交谈，他们自豪地告诉我：过去这是一条大道，下汉中到四川，上宝鸡去西安，谁个不经过这里？商人们的骆驼在骆驼坪拴得几十几十的，别看街上二三十户人家，一晚上要歇上百的商人……他们为有这样的繁华热闹而欣慰。我想：要是当年李白没有经过此道，不知道凤岭上的南天门“去天尺五”的话，恐怕就不会有《蜀道难》问世了吧？

他们还很乐观地告诉我，地质队在凤岭山麓也发现了铅锌矿，地质队要和村上联合修心红峡这一段公路。心红峡又要热闹起来了！我想：明年的春天，心红峡古栈道上肯定不会是我今天所见到的情景了。

据说国家准备从三岔修铁路，直接接北面的凤州站，把矿石运出去。朋友！到那时你坐上列车到三岔来参观矿区和选矿厂，请不要忘了云栈第一佳处的心红峡！

（收录于《宝鸡漫游》，陕西人民美术出版社 1988 年版）

生　日

漫天的白絮，纷纷扬扬。

铃响，自行车飞出了厂门。

“叮叮当，叮叮当，铃儿响叮当……”欢快的口哨声从口中飘出。

新婚的妻子，在门口？不，她该在厨房：大钱饺子、黄焖鱼、糖醋里脊、蘑菇银耳酸辣汤……

我像骑在离弦的箭头上，在行人中划开一条道来。

妻那深情的大眼，逗人的酒窝，诱人的红唇，迷人的微笑……

进门，空房。

“出来，别捉迷藏了！”

厨房，空的。卧室，空的。

怪了！今天不是只有一节课吗？是和学生谈心，还是又去家访了？是泡在图书馆里，还是去参加函授辅导学习了？忘了，把一切都忘了……

我歪倒在沙发上。

噔噔噔噔，楼梯响了。开门，响声上楼去了。

我懊丧地坐在沙发上。她会上哪儿呢？

蓦地，门前站定一个雪美人。睁大眼，向我飞来。

怀里精装的《日英汉无线电技术辞典》消解了一切疑问。

门里伸进个圆脑袋。

“是她，没娘的孩子。”我心里一咯噔。

“拴珠，快来，老师给你准备了一样礼物。”

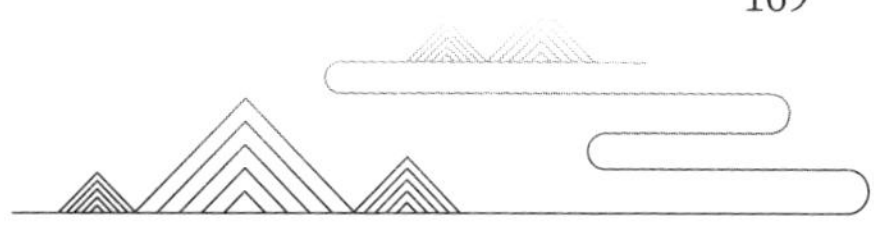

拴珠焕然一新。

妻从厨房端出蒸笼，腾腾热气给妻罩上一层美丽的白纱。

“拴珠，先点燃十支蜡烛。”

“对，我们为拴珠十岁生日祝贺干杯！”我提议。

“拴珠，吹吧，吹灭。再为叔叔点燃二十五支蜡烛。”

二十五支生命的火焰，映红了拴珠十岁的小圆脸，更映红了脸蛋上晶莹的珠滴，是泪，是冰碴？

窗外，六角形的雪片在空中飞舞，落在了粉妆玉砌的世界上。

（发表于1989年3月1日《宝鸡教育报》并获该报1988年教师节有奖征文三等奖）

生日无烛

过了年，妻就许愿，而立之年要同庆生日。

结婚五个年头，夫妻分居异地，还真没共同庆贺过生日。

一天，收到妻的信，商定一个月后（妻的生日），她请假，让我和她一块儿回娘家看女儿。

那天，我在外奔波了一周回到家，听邻居说，妻回来忘带钥匙，回娘家去了。正说着，妻从娘家返回。我刚歪倒在沙发上，妻就开始絮叨起来："净骗人，答应人家的，连人影都没有，把人关在门外，进不了家。"

"答应你啥啦？不带钥匙，活该！"我不耐烦地回了一句。

妻一边整理我提包里的东西，一边嘟囔："每次出差回来，不是剩下的烧饼、面包，就是剩下的饮料，谁出差回来带这些东西？"

"……"

"还没顾上？……"

我看了看被妻翻了个遍的包说："真是，又不是小孩，还翻提包。"

妻怅然若失："忘了忘了……唉！也不知一天都记些啥。"嘴里念叨着回矿上去了。

妻走后，我反复琢磨妻子的话，才恍然大悟，妻的生日，我怎么忘了？

过了一段时间，忽然一个几经转托的电话告诉我：妻子让我星期天一定上矿上去。

我走了一路，猜想了一路，但最终不知妻为何要我来。

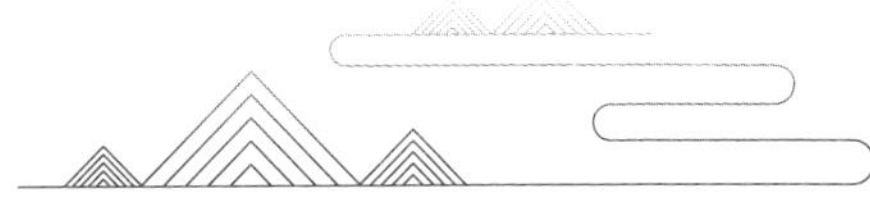

到了矿上，妻面有喜色，问我："猜猜，明天什么日子？"

"星期天嘛。"我一本正经地回答。

妻用食指点着我的鼻尖说："好好想想。"

我摸摸后脑勺："除了星期天还是星期天。"

妻摇摇头，神秘一笑："明天是你生日，笨蛋。"

"哦？"

"说说看，咋过？"

"随便。"

"哎，应该正儿八经过一回生日。"

"不需不需……"

第二天清晨，我睡得正香，迷迷糊糊中，依稀见妻揭起褥子在搜寻什么东西，又拍拍被角，告诉我中午饭到工地去吃。

一觉起来，稀饭和馒头放在桌上。我吃过饭无事，打算给妻洗换下的衣服，从衣袋中发现了一封没有寄出的信："……再过三天就是你的生日，三十岁生日，请不要忘了。在这山沟里我没有什么礼物送给你，不能像你写的小说《生日》中的妻子给你买书，做好吃的，真对不起。我们很忙，你就自己过吧。祝你生日快乐！"我鼻子酸酸的。

午饭时，我赶到工地，妻正忙着制样。炊事员把米饭送来，妻买下饭，让我等着，自己顶着炎炎赤日，骑上自行车出去了。不一会儿，只见妻从门里进来，红彤彤的脸上，汗水顺着下巴尖直往下掉，手里捏着两包方便面："这鬼地方，小卖部尽是烟酒，油盐酱醋的，没有生日蛋糕，连午餐肉、鱼罐头都没有。借了点钱，想买个礼物，又没有合适的东西，更别说蜡烛了。"

我接道："算了算了，炒洋葱不是挺好吗？什么礼物，有这份心就足够了。"

刚拿起筷子，有人吆喝卖桃子，妻又跑去买了桃子。妻说桃子很酸，我却吃出别样味道。

晚饭时，妻坚决要给我补上这顿生日餐，拉上我要去附近村庄卖麻食的饭店。行至半路，突降雷雨，只能返回，却发现大灶上的糊糊面也卖光了。大雨没有停的意思，只好泡了碗方便面。妻再三向我表示歉意。我劝妻："没有什么对得起对不起的，吃什么无所谓，吃饱就行，我们今天能在一块儿度过我的生日，不是挺有纪念意义吗？"

几个星期过去了，妻风尘仆仆地回来。我有点惊奇："不是时间很紧张吗？咋回来了？"

"不欢迎？"

"不是不是……"

"厂里机器出毛病了，我随车出去买材料，给你选了一条裤子，顺便捎回来。"

我一看布料，还没穿过这么好这么流行的裤子："怕太贵了吧？"

"管那么多，快换了，看你穿的裤子，紧绷绷地箍在腿上，怪难受的。"

我穿上合适的裤子，妻很认真地说："这条裤子就算是给你补的生日礼物，喜欢不？"

我望着妻："唉，你看你这人……"

（发表于 1995 年 11 月 25 日《航天试验报》）

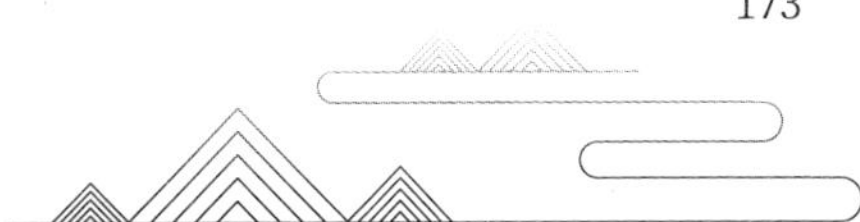

我的凤师生活我的情

适逢从凤翔师范学校毕业三十五年，在微信朋友圈看到百年凤师近日搬迁的消息，我的心头涌起一种莫名的滋味。

前几天有同学提议，毕业已整整三十五年了，老同学暑假应该聚聚会，地点就放在凤师，但响应者寥寥无几，现在看来很有必要。

迈出校门走上社会后，再也没有机会去探访母校，说来很是不恭。百年老校将在秦雍大地不复存在，再不趁此机会去追寻当年青葱岁月留下的足迹，我的人生会留下深深的遗憾。

乘着改革开放的东风，在二十世纪八十年代第一载，沐浴着恢复考试制度的阳光，我鲤鱼跃龙门，有幸跨入了凤师的大门，开始了新的学习生活。那时候生活清贫，但上学国家免学费，每天还发一斤主食餐券。正长身体的小伙子总感到吃不饱，很羡慕家里有粮票有钱的学生，可以自己在机动窗口买玉米面发糕充饥。至于炒米饭，就成了体育班学生的专供，其他同学是抢不到的。也很羡慕拿粮票在学校大门口换面皮吃的同学。虽吃不饱，但一日三餐免费很是欣慰。班里有个别同学家离学校比较近，星期天回家吃饭，用他们的餐券打下饭后大家可以匀着填饱肚子。假期返校后，同学们从各自家里带来干粮或干炒面，谁肚子饿时也可以匀着充饥，这份同学情至今难忘。

当时文化生活单调，每周六学校都要在广场为大家免费放映露天电影。下午最后一节课下课后，同学们纷纷带上凳子去抢位子，生怕人多坐不到最佳位置。电影也吸引了不少附近的村民来观看，银幕背面也挤满了观众，真可谓人山人海，热闹非凡。忘不了每次电影开始前，放电影老师精彩的快板宣传，博得大家喝彩声、掌声阵阵，通俗的顺口溜惹得大家哄堂大笑。

那时候我们住集体大宿舍，三间大房的大通铺住三十人左右。入睡前，大家躺在被窝里，拉家常讲故事说笑话，猜谜语玩成语接龙，交流探讨学习心得，畅想未来人生理想，听收音机哼歌曲，学猜拳喝令说学逗唱，五花八门，各显神通。老师巡查休息情况后，宿舍里渐渐安静下来，不知谁放了个屁，惹得大家哄堂大笑。最难忘的是同学们洗被子后一起缝被子，你一针我一针学着缝，没有顶针就用硬币代替，有时不小心扎着手指或将床单和被子缝在了一起，又惹得大家一阵大笑，其乐融融，永远难忘。

在凤师的早读和晚自习令人难忘。同学们都很自觉，不论是教室、宿舍、操场、树林小径，还是田间地头、东湖岸边，都有同学们晨读的身影。午自习时同学们大都完成了当天的课堂作业，晚自习自由支配的时间多一些，尤其是我们综合班的学生各自凭着自己的兴趣爱好干一些自己乐意干的事情。有练字的，有画画的，有看书做学习笔记的，有预习新课的，有小声练普通话的，有学习简谱练发声的，有在操场打球习舞锻炼身体的，有在舞蹈排练室练基本功的，有在实验室做实验的，有开展学习交流的，有在阅览室翻看报刊的，也有个别偷偷谈情说爱的……记得语文老师讲过，作文必须用小毛笔抄写，拿钢笔抄写的他一律不批改，所以班上同学练毛笔字成风，气得班主任数学老师很有意见。因为我们将来都要当老师，各学科老师就让学科兴趣小组的同学提前当小老

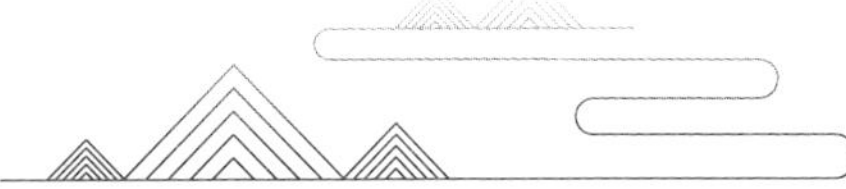

师上讲台讲课，老师坐在下面听课，和同学们一起点评指导。考试前多为自由复习时间，同学们很自觉地在校内校外各自找地方，三五成群围在一起，你问我答共同探讨问题，相互补充，共同提高。在毕业实习前期，教室、宿舍、操场、树林、广场、饭堂，到处都能见到同学，站在小黑板前，左手拿课本，眼看教案，嘴里滔滔不绝地讲解着，右手不停在小黑板上书写着，一副像模像样的老师形象。

凤师学习经历永生难忘，每位老师的形象依然历历在目。我祝愿每一位老师都能够健康长寿！

凤师，我的母校。你顺应改革的潮流，在国家百废待兴、教师队伍青黄不接时培养了大批的栋梁之材。从招生生源来说，你招收了初中毕业的尖子生，也招收了高中毕业生，还招收了民办教师；从专业设置来说，你既有各学科专业班，也有艺术班和综合班，还在宝鸡办了民教班分校。从你的怀抱走出的学子，遍布宝鸡乃至全国各地，在教育界、政界、商界等各个领域都成为佼佼者。谁曾想高校合并重组，你成了宝鸡职业技术学院的分校，影响力逐渐削弱，百年名校沦落于斯，实在令人惋惜。我将在凤师学习生活的点点滴滴记录下来，权当对母校的一点惦念。

凤师，我为你百年名校的历史而骄傲，我为能成为你辉煌时期的学子而自豪，我向培养出一大批教育精英、支撑起基础教育的一片天的你致敬！

2017 年 7 月

后　记

我与文学结缘，纯属机缘巧合。我在学生时代不偏科，样样课程都还过得去。记得上师范综合班，我参加的是数学兴趣小组，爱钻研一题多解，心想毕业后就当一名数学老师。后来分配到学校教书，恰恰学校缺语文老师和地理老师，我就被校长安排当起了语文老师和地理老师。给学生批改作文时，有时候会不由自主地按照自己的思路修改续写起来。隔壁比我晚一年参加工作、爱好诗歌的同事，借给我一本二十世纪七十年代后期人民文学出版社出版的张志民的诗集《死不着》。这本语言质朴、遒劲的民歌体叙事诗集把我引入了诗歌领地，从此我就留意读一些当代诗歌，购买了《朦胧诗集》等书籍并学着信手涂鸦。

工作三年后，我考取了教育学院中文专业，完成一天课业学习任务后，就去阅览室借阅《星星》《诗刊》《小说选刊》《散文选刊》《十月》《钟山》等杂志，也看《红楼梦》《三国演义》《水浒传》等名著和古文诗词鉴赏之类的书籍，读一些国内当代诗人和外国著名诗人的诗歌。普希金的《叶甫盖尼·奥涅金》那洗练流畅的优美语言对我写作影响最深。练笔的小小说《生日》语言简洁流畅，不但在班上被当作范文交流，还在《宝鸡教育报》1988 年教师节有奖征文中获得了三等奖。

我们班几个同学私下里创办了纯文学小报《射月》，专发班上同学的文学作品，蜡纸刻钢板油印，深受同学们的欢迎。但学院对我们有意见，说《射月》不能和官办刊物《新月》对着干，于是办了几期后我们就把小报名称改成了《日辰》。

在学院学习期间，我有幸聆听了路遥在市工人文化宫的文学讲座。路遥讲他从小艰难清贫的生活和创作《平凡的世界》深入生活的过程、经验、体会、感悟，使我很受感动，后来我阅读了他的《人生》《平凡的世界》等作品。

从教育学院毕业后回校工作，我又被校长安排当了政治老师和生物老师，并负责学校团支部和广播室工作。在我的主导下，学校创立了陵江文学社和七彩光摄影社。我不但负责指导文学社社员的习作，征集学生的习作并筛选好的作品在校广播室播出，还负责《陵江》小报的编辑刻印工作。在与社员和几个同窗文学爱好者相互交流的过程中，我的文化素养和文学水平也不断提高，偶有作品变成铅字聊以自慰。

后来离开校园到行政机关工作，种种原因导致我放下了手中的笔，与文学绝了缘。年过半百后，有一次在嘉陵江岸边长廊散步。石护栏上镌刻的诗词，不仅有古代名人名诗，还有熟人的诗词，一下子激起了我的写作兴趣，辍笔二十余载后，又重拾秃笔在诗海里漫游。

我喜欢早晨和傍晚独自外出散步，大脑无羁无绊，任由思绪驰骋，有灵感了随时记在手机上，写好后自己欣赏，权当消磨时光。加入县作协后，参加了几次采风活动，文友们极具文学功底的佳作美篇，使我自愧不如。由于缺乏底气和自信，之后的几次采风活动我都没参加，但作协微信群的学习交流也使我长进了许多。一次参加文艺骨干培训，我省青年实力派女作家周瑄璞讲她创作的长篇小说《多湾》投稿多次被拒，几易其稿后终于成功出版发行并引起极大反响。她那种对文学的执着和热爱，令我十分敬佩。我省著名小品表演艺术家刘远和快板表演艺术家刘锦龙有关小品和快板创作与表演的讲座，使我开阔了文学艺术视野，有了新的收获。

在写作的过程中，由于才疏学浅，还没有文思泉涌、下笔成章的能耐。以前随心所欲写格律诗，不懂平仄，后来在文友指点下，我每写一首格律诗都上网检测，挑出并修改不符合平仄要求的字。有时候为了一个字，搜肠刮肚，寝食难安，虽受煎熬，但的的确确提高了写作水平。自己写的现代诗也受到影响，注意押韵和读起来顺口，慢慢也形成了自己的写作风格。

时光荏苒，已耳顺年。在即将告别我四十余年的教育工作生涯之际，回想起来也没有什么骄人成绩，唯有自己多年来凭着爱好创作的文学作品，可辑录成一本小册子，权当是对我与文学结缘几十年的总结，也是对自己人生的总结。若有益于他人，则善莫大焉。

拙作即将出版，借此机会，我要特别感谢我的同事全瑞敏女士，她对作品提出了很多很好的修改意见，使作品增色不少。此外，还要对相关编辑、设计老师的辛勤付出，一并表示衷心的感谢。

2023 年 2 月 14 日于凤凰故里山城凤县